Agentur Friedwald

Vom selben Autor bei BoD erschienen:

Seelen - Glück
Der programmierte Tod
N - Ich
Andere Zeiten - Andere Menschen
Sinnlose Morde

Sachbücher:
Über den Kosmos Reihe:
Ursprung und Evolution
Homo sapiens und Transzendenz
Individualität, Freiheit und Moral

Der Autor

Volker Schopf, wurde 1958 in Gerlingen bei Stuttgart geboren. Nach Schule und Ausbildung lebt er
heute im nördlichen Schwarzwald.
Bisher veröffentlichte er erzählende Prosa, Theater-
stücke und drei Fachbücher.
Außerdem ist er Naturforscher und setzt sich seit
30 Jahren mit den neuesten wissenschaftlichen The-
orien auseinander und er ist der Überzeugung, dass
wir in einer Übergangszeit leben, wie er in seinen
Fachbüchern 'Über den Kosmos' darlegte.

Volker Schopf

Agentur Friedwald

Sämtliche Geschichten

Ungekürzte Neuauflage. Mit den bisher unveröf-
fentlichten Geschichten über das etwas andere Unternehmen.

Titelbild: nuvolanevicata/Shutterstock.com

Herstellung und Verlag: BoD – Books on Demand,
Norderstedt.

ISBN: 9783744882903

Inhaltsverzeichnis

Agentur Friedwald

Er saß in einem winzigen Büroraum, ein Schreibtisch, zwei Stühle, dahinter ein niederer Aktenschrank, gefüllt mit Ordnern in den verschiedensten Farben.

Der Mann lächelte freundlich, faltete die Hände und musterte Stein gründlich. Dann räusperte er sich, schlug die vor ihm liegende Mappe auf, schraubte die Kappe vom eleganten Füllfederhalter und blickte erneut zu ihm auf.

„Ihr Name?"

„Stein, Hans", stotterte er und spielte nervös mit dem Daumen seiner linken Hand. „Aber ... eigentlich bin ich wegen meiner Frau hier."

„Bitte, Herr Stein", sagte der Mann in ruhigem der Situation angemessenen Ton. „Die Formalitäten, Sie verstehen?"

Stein nickte und senkte den Blick.

„Der Tod meiner Frau", versuchte er zu erklären und wurde sofort unterbrochen. Der Tonfall seines Gegenübers wurde ungeduldiger.

„Herr Stein! Ihre Frau hat sich für eine Veränderung in Ihrem Leben entschieden und, bitte, dieses andere Wort entspricht nicht den heutigen Erkenntnissen. Deshalb vermeiden wir es hier."

Stein nickte erneut, wurde daraufhin wortkarg. Er antwortete knapp, musste sich jedes Wort aus der Nase ziehen lassen, bis er von dem freundlichen Mitarbeiter der Agentur Friedwald erneut gerügt und mit einem vernichtenden Blick abgestraft wurde.

„Bevor wir uns näher mit den Modalitäten beschäftigen, Herr Stein, zwei Fragen: Wann beschloss Ihre Frau, dass Sie in unseren Themenpark übersiedeln will, und wie sind Sie auf unsere Agentur gestoßen?"

„Sie … ich meine Jutta, hat in der Zeitung darüber gelesen und Sie stand neuen Ideen, den Zeichen der Zeit, immer offen gegenüber. Seit Friedhöfe …"

„Was für ein garstiges Wort, Herr Stein! Das wollen wir hier aber nicht mehr hören", schimpfte laut Namensschild Herr Kiesewetter und drohte zusätzlich mit dem Füller.

„Sie … ging immer mit der neuesten Mode – ich hoffe, Sie verstehen, was ich damit zum Ausdruck bringen möchte. Deshalb … der Wohnungswechsel."

Er atmete erleichtert aus. Wohnungswechsel. Dass ihm das eingefallen war! Stein war stolz auf sich und erntete auch von dem Vertreter ein anerkennendes Lächeln.

„Herr Stein!", rief er sichtlich vergnügt und kam nun zu den angesprochenen Modalitäten. „Es ist von Vorteil für den Umzug Ihrer Frau", nahm Herr Kiesewetter den Faden, den er gelegt hatte, bereitwillig auf, „dass wir Sie baldmöglichst zu uns übersiedeln. Das erspart uns unnötige Mühen und ihnen unvorhersehbare Ausgaben. Deshalb würde ich vorschlagen, dass Sie den Vertrag unterschreiben. Während wir die näheren Einzelheiten festlegen, können sich unsere Mitarbeiter bereits um Ihre Frau kümmern."

Stein nickte zum dritten Mal, nahm den angebotenen Füllfederhalter behutsam wie ein rohes Ei in die Hand und setzte zitternd seine Unterschrift an der bezeichneten Stelle unter den Vertrag.

„Ihre Schlüssel?"

„Wie? Ich verstehe nicht."

Kiesewetter räusperte sich vernehmlich.

„Entschuldigen Sie!", haspelte Stein und tastete seine Taschen nach dem Schlüssel ab. „Hier ... Sie müssen wissen ... Es ist für mich das erste Mal ...“ Er kaute hilflos auf den Worten herum und vermutlich verstand ihn der Vertreter der Agentur Friedwald deshalb nicht oder nur ungenügend.

„Danke."

Der Bund verschwand in einer Rohrpostbombe, die mit einem saugenden Geräusch aus dem Raum katapultiert wurde.

„Ich werde Ihnen jetzt einige Fragen stellen, Herr Stein und ich wäre Ihnen dankbar, wenn Sie sie mir so präzise wie möglich beantworten würden. Schließlich hängt die neue Umgebung Ihrer Frau davon ab. Nun denn!"

Die Fragestunde begann. Nach der dreißigsten Antwort wurde Stein der Prozedur allmählich überdrüssig. Wie zuvor fielen seine Antworten einsilbiger aus und er ertappte sich dabei, wie seine Gedanken abschweiften, sich angenehmeren Dingen zuwandten. Er sah sich in der Sonne sitzen, ein Eis essen oder gemütlich vor dem Fernseher lagernd, die Beine hochgelegt und eine Tüte Chips auf dem Schoß.

„Ich rekapituliere", sagte Kiesewetter mit lauter werdender Stimme und zog Steins Konzentration ein letztes Mal auf die bereits mehrfach angesprochenen Modalitäten.

„Ihre Frau liebt Rosen über alles, geht gerne in der freien Natur spazieren und Sie hasst die Dunkelheit …"

Stein hörte nicht mehr zu. Wozu auch? In ein paar Tagen konnte er das Ergebnis in einem der Themenparks von Friedwald betrachten. Angehörige durften im ersten Jahr kostenlos ihre Familienangehörigen besuchen; selbst die Dauer des Aufenthaltes war in dieser Zeit nicht beschränkt.

Stein verabschiedete sich von Herrn Kiesewetter, nickte ihm dankbar zu, weil ihm die passenden Worte nicht in den Sinn kommen wollten, drückte ihm mit beiden Händen die dargebotene Rechte und schlich auf Zehenspitzen aus dem Büro und anschließend aus den Wandelhallen der Agentur Friedwald.

Zwei Wochen später erhielt Stein die Einladung zum Themenpark Naturfreude in Gießen. Das Glück wollte, dass es ein Freitag war, und so eilte er zum Bahnhof, kaufte sich ein Ticket in besagte Stadt und holperte über das marode Netz der Bahn der neuen Behausung seiner Frau zu.

Man behandelte ihn freundlich, wies ihm den Weg und wünschte ihm einen schönen und erholsamen Aufenthalt.

Stein betrat den Themenpark. Er studierte die Wegmarkierungen, verglich sie mit der Beschreibung zum Standplatz seiner Frau und ging zielstrebig und mit pochendem Herzen los.

Der Themenpark ähnelte einer Grünanlage. Gepflegte Wiesen, mächtige alte Bäume, Miniaturseen, an deren Ufern Holzpavillons standen, in denen Getränke und kleinere Speisen angeboten wurden.

Stein kam an einer Bank vorbei, grüßte unwillkürlich das ältere Ehepaar, das hier unter der ewigen Sonne des Themenparks Naturfreude seinen Lebensabend verlebte. Hinter ihm auf der Wiese spielten Eltern mit ihren Kindern. Ein Hund sprang übermütig zwischen den Gruppen umher und schnappte vergeblich nach dem Ball.

Überall herrschte das pure Leben und zum ersten Mal seit dem Umzug seiner Frau fühlte Stein sich wieder so richtig glücklich.

Endlich erreichte er den Platz seiner Frau. Das Herz schlug ihm bis zum Hals und er musste sich an der Bank festhalten, die zufällig neben Jutta stand.

„Jutta", murmelte Stein verstört und glücklich zugleich, während er seine Frau von oben bis unten in Augenschein nahm.

„Dein Lieblingskleid. Das Blaue mit den weißen Blumen und" - er betrachtete gerührt ihre Hände, während erste Tränen ihm in die Augen traten - „unser Ehering. Sie haben nichts vergessen … oh, mein Gott, Jutta!"

Stein musste sich setzen. Ein älterer Mann, der zufällig vorbei kam und seinen aufgelösten Zustand bemerkte, verweilte kurz bei ihm, ja legte ihm beruhigend die Hand auf die Schulter und meinte, in die Betrachtung von Steins Frau vertieft: „Wie aus dem Leben gegriffen! Zum ersten Mal hier?"

Stein nickte und zog ein Tempo aus der Tasche.

„Beim ersten Besuch überwältigt es einen. Mir erging es nicht anders. Sie werden sich daran gewöhnen." Der Alte klopfte ihm ein letztes Mal auf die Schulter und entfernte sich taktvoll.

„Ihre Konservierungstechnik übertrifft jede meiner Erwartungen", dachte Stein und rieb sich die Augen trocken.

Das Informationsgespräch

Martha Müller betrat die Agentur Friedwald.

„Kann ich Ihnen helfen?", wollte die junge Dame hinter dem wuchtigen Schreibtisch wissen.

„Müller … Martha Müller", antwortete Martha und trat näher an den mit Werbebroschüren überfüllten Schreibtisch heran.

Die junge Dame nickte freundlich, fuhr mit dem Finger über die heutigen Termine und tippte zweimal auf eine bestimmte Stelle.

„Da haben wir Sie ja, Frau Müller. Ich werde Sie anmelden."

„Danke … sehr freundlich."

Martha betrachtete das Titelbild einer der Broschüren. Ein älterer Herr lehnte an einem Sportwagen, lächelte siegessicher in die Kamera und meinte in Form einer Sprechblase: „Was mir im Leben versagt blieb, dank Friedwald kann ich es jetzt genießen."

„Herr Zimmermann wird sich sofort um Sie kümmern", sagte die junge Dame lächelnd und Martha konnte sich des Eindrucks nicht erwehren, dass Sie dank Friedwald wirklich glücklich bei ihrer Arbeit war.

„Frau Müller", rief ein Mann in mittleren Jahren und eilte mit ausgestreckten Armen auf sie zu. Er ergriff ihre Hand, schüttelte sie und lächelte.

„Kommen Sie in mein Büro, Frau Müller", sagte er, ihre Hand haltend, und fügte mit einer kaum merklichen Verbeugung hinzu: „Ich darf vorangehen?"

„Bitte."

Martha folgte Herrn Zimmermann, dessen hell gestreifter Anzug ihr für ein Unternehmen dieser Art unpassend erschien.

„Junge Leute", dachte sie und trat, behutsam von Herrn Zimmermann dirigiert, in das winzige Büro.

„Setzen Sie sich, Frau Müller." Er zog den Stuhl zurück, wartete, bis sie sich gesetzt hatte, und nahm dann ihr gegenüber Platz. Zimmermann schlug den vor ihm liegenden Schnellhefter auf, überflog die Seite und wandte sich dann an Martha.

„Sie besuchen uns wegen Ihres Mannes, wie ich der Aktennotiz entnehmen kann."

„Ja", antwortete Martha und betrachtete fasziniert das Lichtspiel des Deckenstrahlers auf Zimmermanns Glatze.

„Und?"

„Wissen Sie, Herr Zimmermann", stotterte Martha und klammerte sich Halt suchend an den Griff ihrer Handtasche, „mein Mann wird kommenden Monat achtzig und da wollte ich ihm ein besonderes Geschenk machen …"

„Ich verstehe. Woran hatten Sie gedacht, Frau Müller?"

„Äh … eigentlich … Er ist von den Sternen besessen. Seit frühester Kindheit …"

„Interessant, Frau Müller!", rief Zimmermann begeistert und unterband damit ihre weiteren Ausführungen. „Wir haben gerade unseren neuen Themenpark ‚Weltraummissionen' eröffnet und … Wo habe ich es denn? Ach hier!"

Zimmermann breitete den bunten Faltprospekt vor ihr aus, wies mit dem Kugelschreiber auf diverse Bilder und erklärte: „Unsere Raumstation misst zweihundert auf einhundert Meter und bietet Platz für dreißig Passagiere sowie zwanzig weitere Astronauten in Außeneinsätzen. In Halle zwei, Mission Mars, hätten wir noch Plätze in der Terraforming Station frei."

„Terraforming?" Martha runzelte verwirrt die Stirn und sah Zimmermann Hilfe suchend an.

„Ein Begriff für die Umformung des Planeten zu einer zweiten Erde. Überdies, wie Sie hier sehen können, gilt noch bis Ende des Monats unser Eröffnungsangebot. Sie sollten sich also mit Ihrer Entscheidung nicht zu viel Zeit lassen, Frau Müller."

„Ich … wie … ich meine, was geschieht denn im Einzelnen mit ihm?" Martha tippelte als Ausdruck ihrer Verunsicherung auf der Stelle.

„Natürlich. Haben Sie Fotografien von Ihrem Mann mitgebracht?"

„Ja!"

Martha öffnete ihre Handtasche, zog einen Briefumschlag heraus und reichte ihn Zimmermann.

„Oje!", entfuhr es ihm ungewollt, als er die Bilder betrachtete, und obwohl er seinen Ausrutscher sofort bemerkte und zu korrigieren versuchte, wurde Martha hellhörig.

„Stimmt mit meinem Mann etwas nicht?"

„Nein … nein!", Zimmermann winkte, vielleicht um eine Spur zu theatralisch, ab, faltete die Hände und blickte seltsam entrückt in Richtung Decke.

„Mit Ihrem Mann ist alles in Ordnung, Frau Müller."

„Gott sei Dank", stieß Martha erleichtert aus und folgte seinem Blick.

„Sehen Sie, Frau Müller", fuhr Zimmermann gedehnt fort, „wir konzipieren unsere Themenparks so detailgetreu wie möglich und – wie soll ich mich ausdrücken? – dazu gehört, dass wir unsere Besucher" - er räusperte sich vernehmlich - „Ihren Mann ..." Zimmermann fuhr sich mit der Hand über den Kopf, richtete den Schnellhefter an der Tischkante aus. Er schien nach den passenden Worten zu suchen.

„Ihren Mann", wiederholte er und konnte dabei ein Zucken um die Mundwinkel nicht verhindern, „um es kurz ... wir müssten ihn einer Schönheitsoperation unterziehen."

„Schönheitsoperation?", formten Marthas Lippen tonlos, während sie ihre Handtasche unbewusst an ihre Brust drückte.

„Sehen Sie, Frau Müller", intonierte Zimmermann, der wie Phönix aus der Asche auftauchte und, in sein Element zurückgekehrt, zum Gegenangriff ansetzte. „Seit Jahren predigen wir, und nicht nur unsere Vereinigung, Frau Müller, dass jeder Einzelne mehr Verantwortung für seinen Körper übernehmen soll. Und was bedeutet das?" Zimmermann legte bewusst eine kleine Atempause ein, um Martha das Aha-Erlebnis des Erkennens zu gönnen; ein kleiner Trick, der, wie sich herausgestellt hatte, äußerst verkaufsfördernd wirkte.

Martha nickte. Schlagartig wich alle Energie aus ihrem Körper. Ihr Kopf sank auf die Brust.

„Gesundes Essen, ein geregelter Tagesablauf, Alkohol in Maßen ... am besten ganz abschwören, und viel Bewegung in der frischen Luft."

Martha hob mühsam den Kopf. Ihre Augen glänzten.

„Zum Glück haben Sie sich an uns gewandt, Frau Müller. Und für uns, die Agentur Friedwald,ist nichts unmöglich." Er lächelte.

„Sie meinen …"

„Genau! Ihr Mann wird seinen Platz im Weltraum bekommen. Dort oben" - Zimmermann zeichnete mit den Händen die Weltraumstation an die Decke. „Er wird unseren Besuchern den Eindruck eines Eroberers vermitteln, Frau Müller, der gekommen ist, um diesen lebensfeindlichen Raum für die Menschheit zu unterwerfen."

„Oh, Gott … das wird Heinz … meinen Mann … und Sie meinen wirklich?" Martha konnte ihre Freude nicht länger unterdrücken. Sie weinte still in ihr Taschentuch.

„Kommen wir nun zu den Formalitäten, Frau Müller." Zimmermann lächelte und schob ihr den vorbereiteten Vertrag über den Tisch zu.

Martha überflog das zweiseitige Dokument. Es schien alles in Ordnung bis auf den Punkt ‚Zusatzleistungen'.

„Was verstehen Sie unter Zusatzleistungen?", fragte Martha behutsam und ärgerte sich sofort über ihre Unverfrorenheit Friedwald gegenüber.

„Was, wenn Sie ablehnen?", dachte sie und wollte sich schon für ihre Frage bei Zimmermann entschuldigen, als er bereitwillig Auskunft erteilte.

„Darunter fallen sämtliche Kosten, die über die normale …" - Zimmermann räusperte sich erneut - „Nun, ein Eroberer, Frau Müller. Dynamisch, kampfbereit … ohne Furcht vor dem Kommenden … Sie verstehen?"

17

Martha verstand das Unausgesprochene.

„Heinz, mein Mann, ist nicht gerade … ein Eroberer", antwortete sie traurig. „Aber er liebt den Weltraum, Herr Zimmermann und … was sind angesichts seines 80. Geburtstages schon ein paar unbedeutende Zusatzkosten!"

„Warten Sie!" Gutbrot durchsuchte einen Stapel Prospekte und reichte ihr ein paar davon.

„Eigentlich dürften wir nicht ...", sagte er kaum hörbar und beugte sich zu ihr über den Tisch, „Es sind Partnerunternehmen und vielleicht können Sie dort Unterstützung finden."

Zimmermann räusperte sich wiederum und verzog das Gesicht zum typischen Friedwald-Lächeln.

„Anti-Aging für Ältere", las Martha. „Jünger aussehen. Ab sofort faltenfrei. Die ultimative Bauch-Weg-Therapie."

„Damit verringern Sie die Zusatzkosten erheblich, Frau Müller. Unsere ganze Gesellschaft sehnt sich nach Jugendlichkeit und sie tun alles dafür. Sie opfern einen Großteil ihrer Freizeit, ihres Einkommens und, wenn ich es einmal so ausdrücken darf, ihrer Gelüste und weshalb?"

Martha zuckte mit den Schultern, während sie ihm zuhörte.

„Damit Sie Ihr wahres Alter verbergen können?", antwortete sie zaghaft ohne besseres Wissen.

„Frau Müller", meinte Zimmermann belehrend und schüttelte bedauernd den Kopf. „Um ihren Körper zu erhalten für die Zukunft, für ihre Ewigkeit. Das Leben interessiert heute erst an zweiter Stelle … Der Mensch sehnt sich nach Unsterblichkeit, Unvergänglichkeit des geliebten Körpers. Er will" - wiederum beugte er sich zu ihr herüber - „eigentlich vermeiden wir das Wort, eine schöne Leiche sein. Darum geht es doch, Frau Müller."

Martha nickte und unterschrieb an der bezeichneten Stelle. Unwillkürlich musste sie seufzen. Es wartete viel Arbeit auf sie, bis Heinz für den Weltraum in Form war.

Die Reklamation

Norbert Schmitz saß in der neu gestalteten Eingangshalle der Agentur Friedwald und betrachtete etwas desinteressiert die Werbefilme an der gegenüberliegenden Wand.

Auf dem Schirm tauchte der Bug eines Luxusliners auf. Ein Paar lehnte in inniger Umarmung an der Reling und sah über das Wasser, während sie, so zumindest Norberts Vermutung, den Zurückgebliebenen an Land lächelnd zuwinkten.

„Zum fünfjährigen Bestehen der Agentur Friedwald bieten wir die bewegliche Plastination zum Einführungspreis an", erklärte die freundliche Stimme, „Ihre Lieben werden Ihnen damit noch näher sein."

Mit dem Sonnenuntergang wurde das Paar ausgeblendet und wenig später erschien eine Frau im mittleren Alter, die in einem Fitnessstudio fleißig Gewichte stemmte. Von links trat ein Mann in das Bild, deutete auf die Frau und wischte sich mit der anderen Hand verschämt eine Träne aus dem Augenwinkel.

„Meine Frau hat sich ein Leben lang fit gehalten", erzählte er mit brüchiger Stimme, „und wenn sie sich jetzt so sehen könnte, wäre sie bestimmt glücklich."

„Jetzt den Einführungspreis sichern", wies die freundliche Stimme jeden Angehörigen auf den begrenzten Zeitraum des Sonderangebots hin.

„Lieber Herr Schmitz!"

Die Stimme riss Norbert aus der beweglichen Zukunft in die Realität zurück.

„Was können wir, die Agentur Friedwald und speziell meine Person für Sie tun?"

Waldemar Zimmermann ergriff Norberts Hand, schüttelte sie über Gebühr und wies ihm den Weg zu seinem Büro.

„Setzen Sie sich, Herr Schmitz", sagte er in seiner überschwänglichen Art, schloss die Tür und nahm Norbert gegenüber Platz.

„Sie haben", begann er gedehnt und nahm ein Blatt zur Hand, dessen Text er flüchtig überflog, „eine Reklamation. Ihre Frau, lese ich hier, entspräche nicht Ihrer Erinnerung. Ja, Sie gehen sogar so weit zu behaupten, dass das überhaupt nicht Ihre Frau sei."

Norbert nickte bestätigend.

„Sie ist so anders", würgte Norbert mühsam hervor.

„Geben Sie mir Ihre Nummer?", forderte Zimmermann Norbert auf, verschränkte die Finger ineinander, ließ sie knacken und legte sie abwartend auf die Tastatur.

„Wir haben letzte Woche auf Computer umgerüstet", meinte er stolz und wartete offensichtlich auf Norberts Antwort.

„Ich ... ich, habe den Ausweis leider nicht dabei", entschuldigte sich Norbert und sah Zimmermann Hilfe suchend an, während er noch einmal sämtliche Taschen einer gründlichen Inspektion unterwarf.

„Na, macht nichts, Herr Schmitz. Wir werden Ihre Frau schon finden." Zimmermann lächelte und Norbert konnte sich des Eindrucks nicht erwehren, als habe Zimmermann nur auf eine solche Gelegenheit gewartet.

„Einen Augenblick bitte! Dazu muss ich die Maske wechseln. So! Jetzt das Suchprogramm starten", murmelte er, in seine Arbeit vertieft, halblaut vor sich hin.

„Jetzt können wir anfangen. Welchen Themenpark?"

„Themenpark Wald."

„Schön. Stuttgart oder Koblenz?", wollte Zimmermann auf Drängen des Computers wissen.

„Stuttgart."

Zimmermann tippte die Daten ein, ergänzte sie um den Familiennamen und beobachtete den kleinen roten Balken, der sich, von links kommend, in Zeitlupe über den Schirm schob. Mit einem Ping erschien der Themenpark Stuttgart auf dem Schirm.

„Da haben wir ja Ihre Frau, Herr Schmitz", freute sich Zimmermann nach drei weiteren Klicks und drehte den Schirm in Norberts Richtung.

„Ist das Ihre Frau?"

„Ja und nein, Herr Zimmermann", antwortete Norbert und wand sich unter dem fordernden Blick seines Gegenübers.

„Herr Schmitz", sagte Zimmermann mit wachsender Ungeduld, „Sie müssen doch wissen, ob es sich bei der Pilzsammlerin um Ihre Frau handelt oder nicht?"

„Ja … aber …", stotterte Norbert und brach ab. Verzweifelt suchte er nach den passenden Worten.

„Wenn Luise nur hier wäre!", dachte er und fiel dem inneren Vakuum zum Opfer.

„Einen Augenblick, Herr Schmitz", fuhr Zimmermann in versöhnlichem Ton fort und tippte etwas in den Computer. Eine Textseite erschien.

„Ihre Frau erlitt einen Verkehrsunfall, wie ich aus

Ihrer Akte ersehen kann, und wurde von der Feuerwehr aus dem völlig zerstörten Fahrzeug geschnitten. Nach Ihrer Einlieferung in unsere Klinik – einen Augenblick!" Er blätterte weiter und musste offensichtlich warten, bis die Seite neu aufgebaut wurde. Der Text wurde jetzt von kleinen Bildern unterteilt. Zimmermann beugte sich vor.

„Mein Gott", entfuhr es ihm ungewollt, „Ihre Frau wurde bei dem Unfall körperlich stark deformiert und von unseren Ärzten nach Bildern rekonstruiert."

Norbert schluckte trocken und beugte sich ebenfalls vor.

Zimmermann klickte mehrere Bilder an, schob sie so über den Bildschirm, dass vorher und nachher direkt nebeneinanderzuliegen kamen, und wandte sich, nicht ohne gewissen Stolz, an Norbert.

„Man könnte meinen, Herr Schulz, es handle sich bei den beiden Frauen um Zwillinge. Es tut mir leid. Selbst mit dem besten Willen kann ich Ihre Reklamation weder verstehen noch bewilligen. Es handelt sich bei der Pilzsammlerin eindeutig um Ihre Frau."

Norbert wischte sich den Schweiß von der Stirn.

„Schon …, aber wie soll ich es Ihnen begreiflich machen? Äußerlich ist ja auch alles in Ordnung …" Norbert zog ein Taschentuch aus der Jackentasche und wischte sich das Gesicht trocken.

„Die Haltung ist sehr natürlich angelegt, und Sie haben vor der endgültigen Fixierung Ihr Einverständnis gegeben. Ihre Frau … ich könnte mich - entschuldigen Sie meine Direktheit - sofort in Sie verlieben."

„Danke … aber … es ist … Sie … ich meine … Luise, Sie ist so schweigsam … so still."

Norbert sackte kraftlos in sich zusammen.

„Jetzt ist es endlich heraus", dachte er erleichtert und ließ das Taschentuch schnell unter dem Tisch verschwinden.

„Moment, Herr Schmitz. Nein! Es wurde alles ordnungsgemäß ausgeführt. Nach Eingang der Restrate wurden Ihnen der Ausweis mit Zugangsberechtigung und die Fernbedienung ausgeliefert. Hier" - Zimmermann wies auf eine Stelle links unten am Bildschirm - „der Erhalt des Briefes wurde von Ihnen bestätigt."

Norbert nickte.

„Fernbedienung?", dachte er, überlegte angestrengt und erhob sich mit zitternden Knien.

„Es tut mir aufrichtig leid, Herr Schmitz, aber Ihre Reklamation … nun, wir werden Sie weder weiter verfolgen, noch Ihnen eine Entschädigung zukommen lassen können."

Herr Zimmermann stand ebenfalls auf und reichte ihm die Hand.

„Es wurde alles zu Ihrer Zufriedenheit ausgeführt. Sie werden sehen. Auf Wiedersehen."

„Ja … und herzlichen Dank für Ihre Mühen!", erwiderte Norbert und schlurfte aus dem Büro.

Zwei Tage später saß er auf der Parkbank, die unmittelbar neben seiner Frau stand, und betrachtete ihre zierlichen Hände, die gerade einen Pilz abstachen.

Plötzlich fiel ihm die Fernbedienung ein, welche er heute Morgen extra für seinen Besuch hier eingesteckt hatte. Zuerst hielt er sie für eine Art Schlüs-

sel, der Zugangsberechtigten den Durchlass öffnete. Jetzt drehte er sie in der Hand und betrachtete
sie neugierig von allen Seiten.

Norbert drückte das scheckkartengroße Stück
Plastik und plötzlich hörte er die Stimme seiner
Frau neben sich.

„Liebling, sieh nur, was ich hier für ein Prachtex-
emplar gefunden habe!"

Norbert lehnte sich zurück und schloss die Augen.

„Soll ich uns nachher ein Pilzgericht kochen,
Norbert, oder möchtest du es lieber erst morgen
Mittag? Es ist vielleicht etwas schwer für den
Abend, meinst du nicht auch?"

Er war ganz ihrer Meinung und murmelte überglücklich: „Meine liebe Luise, du bist zurück."

Der neue Mitarbeiter

Wilfried Jünger, Personalchef bei Friedwald, lehnte sich in seinem Sessel zurück und studierte die Akte.

Wolfgang Klein, geboren in Niederstedt, Hauptschule, Wechsel auf die Realschule mit Abschluss. Anschließend Bundeswehr, Ausbildung zum Schreiner. Es folgten diverse Firmen, bis eine auftretende Allergie ihn zur Umschulung zwang. Arbeitet seit zehn Jahren in einem Bestattungsunternehmen und möchte sich nun aus familiären Gründen verändern.

„Seine Referenzen sind ausgezeichnet", dachte Wilfried.

Wenig später klopfte es vernehmlich an der Tür.

„Herein!", rief Wilfried, klappte den Schnellhefter zu und ging in Position. Das heißt: Er setzte sich gerade und fixierte den Punkt an der noch geschlossenen Tür, der ungefähr die Augenhöhe markierte.

Die Tür ging auf und Wilfried musste sein Ziel um ein gutes Stück nach unten korrigieren. Klein trat etwas hölzern ein, schloss umständlich die Tür, nickte ihm freundlich zu und blieb auf halbem Weg zwischen Schreibtisch und Tür unschlüssig stehen.

„Wolfgang Klein, nehme ich an", sagte Wilfried jovial, erhob sich explosionsartig, als hätte er Sprungfedern unter den Füßen und umrundete den Schreibtisch.

Klein nickte abermals.

„Wolfgang Klein … angenehm", säuselte Klein kaum hörbar wie ein laues Frühlingslüftchen.

„Setzen Sie sich, Herr Klein!", fuhr Wilfried fort, packte den Neuen an der Hand, schüttelte sie kräftig und begleitete ihn zu dessen Stuhl.

„Danke, sehr freundlich von Ihnen!", erwiderte Klein hüstelnd in reinstem Sopran, setzte sich vorsichtig, als traue er dem Stuhl nicht.

Wilfried umrundete erneut den Schreibtisch. Er betrachtete irritiert den Neuen, der, wie auch immer Wilfried ihn betrachtete, überhaupt nicht zu der Person aus dem Bewerbungsschreiben mutierte.

Wolfgang Klein, ein schmächtiger Geselle, Halbglatze und einzig sein rötlicher Teint, diese lebendige Frische, passte zu ihrem Unternehmen.

„Nun", sagte Wilfried gedehnt, schlug, um Zeit zu gewinnen, Kleins Bewerbung auf und blätterte sie aufmerksam durch.

„Sie haben in den letzten Jahren für ein Bestattungsunternehmen gearbeitet, Herr Klein. Was genau war Ihre Aufgabe dort?"

Klein beugte sich vor, rutschte dabei vor Aufregung fast vom Stuhl, fing sich im letzten Augenblick, indem er sich am Schreibtisch festkrallte, lächelte entschuldigend und sang los: „Wir, mein Kollege Hubert und ich, holten die Entschlafenen ab … selbstverständlich mit dem Auto … wuschen die … äh … Körper und richteten sie her."

Wilfried war versucht die Augen zu schließen, sich das zugehörige Orchester vorzustellen und einfach dem Gesang zu lauschen. Stattdessen konzentrierte er sich auf den Neuen.

„Sie … entschuldigen Sie", stieß er jäh aus und hielt sich die Hand vor den Mund. Wilfried gähnte ausgiebig, summte im Geiste die letzten Takte aus Tristan und Isolde und ließ dabei Wolfgang Klein keine Sekunde aus den Augen.

„Hergerichtet? Größere Eingriffe oder, wie man sagt, das Übliche?"

„Oh nein!", flötete Klein entrüstet und schlug die Beine linkisch übereinander. „Wir haben die von uns Gegangenen nach allen Regeln der Kunst … wir tilgten jede Spur von Krankheit. Kein ungesundes Äußeres … wie eingefallene Wangen, tief liegende Augen oder … Wir schufen blühende Wesen … nicht mehr Mensch, fast schon Engel, Herr Jünger."

Wilfried nickte andächtig.

„Er spricht unsere Philosophie", dachte er, „und wie schön er es ausdrückte: Nicht mehr Mensch, fast schon Engel. Das wäre ein Slogan", überlegte er und schrieb ein gedankliches Memo an sich selbst.

„Gut … schön, Herr Klein und welche Vorstellungen haben Sie von unserem Unternehmen, der Agentur Friedwald? Sie kennen unsere Themenparks?"

„Ja!", antwortete Klein und hob mit beiden Händen den linken Fuß vom rechten. „Knieverletzung", meinte er lapidar, als er Wilfrieds Blick bemerkte. „Hubert ist letzte Woche, es war auch ein enges Treppenhaus, gestolpert und ich rücklings mit dem Sarg die Treppe hinunter gefallen. Als er mich auf der letzten Geraden überholte, schrammte einer der Griffe über besagtes Knie.

Vor nicht allzu langer Zeit besuchte ich mit einem Freund der Familie den Themenpark Zoologischer Garten. Wirklich hübsch!.“

„Hübsch?“, wiederholte Wilfried stirnrunzelnd. „Die Qualität unserer Mitglieder wird durch wissenschaftliche Exaktheit sowohl, was die Form wie auch die Farbgebung anbelangt, bestimmt. Neben diesen Kriterien zählt bei uns natürlich der ästhetische Ausdruck bei der Gestaltung der …“

Klein hörte aufmerksam zu und Wilfried konnte sich des Eindrucks nicht erwehren, dass der Neue die Grundsätze, die Leitlinien ihrer Behandlung Mitgliedern gegenüber, bereits verinnerlichte.

Sichtlich erfreut fuhr er fort: „Eine natürliche und wirklichkeitsnahe Erscheinung ist unser erstes Anliegen, Herr Klein. Dabei fließen Beobachtungen, sozusagen das Vorbild der Natur, in unsere tägliche Arbeit mit ein. Sie verstehen?“

„Völlig Ihrer Meinung, Herr Jünger.“

Klein zuckte mit dem Kopf, grinste breit und entblößte zwei Reihen blendend weißer Zähne.

„Wie im richtigen Leben … Das bewunderte ich am meisten bei dem Besuch im zoologischen Garten. Er musste noch breiter lachen, während er sich gefährlich weit vorbeugte „Ehrlich gesagt, habe bei einem Ihrer Mitglieder nach einem Knopf im Ohr oder etwas Ähnlichem gesucht … irgendeinem Markenzeichen.“

Wilfried sank die Kinnlade auf die Brust.

„Der Neue entpuppte sich als …“ Ihm fiel der passende Ausdruck nicht ein und so starrte er Wolfgang Klein nur aus großen, ungläubig blickenden Augen an.

„Wie …“, stotterte er los, nur um überhaupt eine

29

Äußerung von sich zu geben, „haben Sie von unserem Unternehmen gehört?"

„Die Agentur Friedwald ist weithin bekannt. Wussten Sie das nicht? Jeden Tag Berichte in Rundfunk und Fernsehen, dazu die Auftritte Ihrer Mitglieder in Museen und Filmstudios. Sie sind in!"

Wilfried war sprachlos und dokumentierte das ausgiebig, wobei ihm nicht entging, dass Klein bei jeder Bewegung ein wenig den rechten Arm hängen ließ.

„Vermutlich ebenfalls vom Sturz."

Kleins Kopf fiel zur Seite. Er wirkte müde, als ob ihn das Gespräch über Gebühr strapaziert hätte.

„Fühlen Sie sich nicht wohl, Herr Klein? Wir können die restlichen Personalien auch an Ihrem ersten Arbeitstag besprechen, womit ich die Entscheidung zum Ausdruck bringen möchte, dass von unserer Seite nichts ihrem Engagement in unserem Unternehmen entgegen steht. Wie steht es mit ihnen?"

„Es würde mich freuen", hauchte Klein tonlos und zu Wilfrieds größtem Bedauern mischte sich in die liebliche Melodie ein blechernes Geräusch.

Er horchte auf und sah gerade noch, wie Klein seinen rechten Arm mit der linken packte, wobei er wieder dieses unanständige Grinsen aufsetzte.

„Es ist wohl besser, Sie kümmern sich um Ihre Genesung, Herr Klein. Wir sehen uns dann wie vereinbart am ersten März."

Wilfried erhob sich schwerfällig und bot Klein die Hand zum Abschied. Spontan griff Klein danach, musste dazu seinen linken Arm loslassen, der geräuschlos aus dem Sakko rutschte und mit einem Plopp zu Boden fiel.

Wilfried schreckte hoch. Das blanke Entsetzen stand ihm im Gesicht und er beruhigte sich erst, als seine Frau das Licht im Schlafzimmer einschaltete.

„Wieder diese Träume?", fragte sie besorgt und strich ihm das nass geschwitzte Haar aus der Stirn.

„Träume", wiederholte Wilfried mit bebenden Lippen, „oder die Zukunft?"

Das Pilotprojekt

In ihrer Aufregung lief Brünhilde Schmitz unruhig in der Empfangshalle von Friedwald umher.

„Wie sollte sie Herrn Kiesewetter nur Ihren Entschluss nahe bringen", dachte sie zum wiederholten Male und hielt, wie in den vergangenen Wochen, vergeblich nach den passenden Worten Ausschau.

Brünhilde blieb in Gedanken versunken vor dem großen Bildschirm stehen, auf welchem die Agentur Friedwald für ihren geplanten Mythologiepark warb und Interessenten für verschiedene Themenbereiche suchte.

„Sucht Ihr Mann in der Blüte seines Lebens nach einer Veränderung?", fragte die freundliche Stimme, während Gestalten der griechischen Mythologie über den Schirm flimmerten.

„Dann sprechen Sie mit unseren Mitarbeitern."

Perseus ritt auf den Betrachter zu, das vorgereckte Kinn kampfbereit erhoben und in der rechten hielt er Athenes Schild, mit dem er Medusa überlistete.

„Ihre Frau trennte sich überraschend von Ihnen?", hörte Brünhilde die Sprecherin sagen, als sich hinter ihr Herr Kiesewetter räusperte.

„Frau Schmitz, was führt Sie zu mir?"

„Ich … es …", stotterte Brünhilde überrascht und ergriff dankbar die Hand Kiesewetters, der sie verständnisvoll lächelnd in sein kleines, gemütlich eingerichtetes Büro führte.

„Nun beruhigen Sie sich, Frau Schmitz. Darf ich Ihnen etwas anbieten? Einen Kaffee vielleicht?"

„Nein, danke, Herr Kiesewetter … sehr freundlich. Es geht um meinen Mann … dieses Pilotprojekt, an dem ich … er teilnimmt …"

„Einen Augenblick, bitte", unterbrach Kiesewetter Brünhilde, klickte mehrmals mit der Maus und überflog die Akte Walter Schmitz. Ihr Mann kam am 30.04. zu uns …"

„Ja! Wissen Sie, wir tranken gerade unseren Nachmittagstee und, es war ein herrlicher Frühlingstag, die Vögel zwitscherten und, ich wollte ihm gerade noch ein Stück Kuchen abschneiden – Schwarzwälder Kirsch – da lächelt er mich so seltsam an und sinkt vorüber. Direkt auf die volle Teetasse; wo ich doch gerade sauber gemacht habe."

„Äh, danke, Frau Schmitz für die Erläuterungen, aber könnten wir vielleicht fortfahren. Wir haben Sie im Zuge unseres Pilotprojektes ‚Familienzusammenführung' …"

„Wissen Sie, es klang wunderbar!", rief Brünhilde enthusiastisch und für den Bruchteil einer Sekunde schlich sich überirdischer Glanz in ihren Gesichtsausdruck.

„Nach der Behandlung bei Ihnen, wie soll ich sagen, er war so entspannt … überhaupt nicht mehr so nervös. Bei Fußball zum Beispiel; das lief bei uns den ganzen Tag. Also wenn seine Mannschaft spielte, dann dribbelte er immer mit, ... konnte überhaupt nicht still sitzen. Der Teppich vor ihm war bereits ganz abgewetzt."

„Das freut uns natürlich, Frau Schmitz und am

6.05. haben wir die Behandlung durchgeführt. Alles lief problemlos, wie Sie mit Ihrer Unterschrift bestätigt haben, und zwar am 16.05. bei Lieferung."

Brünhilde fühlte sich in dem winzigen Büro unwohl. Es bereitete ihr Atembeschwerden.

„Es war auch …", Brünhilde öffnete ihre Handtasche, suchte nach einem Taschentuch und trocknete sich die Augen. „Wie er so dasaß … so friedlich, die Fernbedienung in der Hand, ohne die gefährlichen Dribblings. Ach", seufzte Brünhilde und musste erneut weinen.

„Was ist denn nun Ihr eigentliches Problem?", versuchte Kiesewetter endlich zum Kern der Angelegenheit vorzustoßen. Leider vergeblich. Brünhilde folgte ihrem ursprünglichen Weg.

„Wissen Sie, selbst Hansi … das ist unser Wellensittich, der nie seinen Käfig verließ, wenn mein Mann im Zimmer war, wurde plötzlich ganz zutraulich. Stundenlang saß er auf Walters Hand – die, welche er erhoben hat, um umzuschalten – und pfeift vergnügt vor sich hin. Wenn dann die Sonne ins Zimmer fiel … wie im Paradies."

„Liebe, Frau Schmitz. Ist etwas mit Ihrem Mann?"

„Nein, nein", wehrte Brünhilde gestenreich ab, „mit ihm ist alles in bester Ordnung. Sie können sich überhaupt nicht vorstellen, welche Arbeit seine Rückkehr mit sich brachte."

„Inwiefern?", hakte Kiesewetter sofort und sichtlich erfreut nach, weil endlich für das Pilotprojekt relevante Daten zu erwarten waren.

„Seine Kleidung. Ziehen Sie jeden Tag drei Mal

34

einen so schweren Mann an und aus."

„Haben wir nicht sein Gewicht korrigiert?"

„Nur ein klein wenig. Jedenfalls ich hoch auf die Bühne, meine alte Nähmaschine aus dem Ruhestand geholt und damit habe ich seine gesamte Garderobe umgearbeitet."

„Umgearbeitet?", wiederholte Kiesewetter interessiert und kratzte sich, ohne dass er sich dessen bewusst geworden wäre, an der Schläfe.

„Seitlich aufgeschnitten, Bänder und Knöpfe angenäht, sodass ich nur um ihn herumgreifen musste, um das Band durchzuziehen. Niemand hat den kleinen Trick bemerkt", fügte Brünhilde nicht ohne einen gewissen Stolz hinzu.

„Schön, Frau Schmitz. Sie habe das Ankleideproblem gelöst und … äh, nicht doch einen Kaffee?"

„Nicht um diese Zeit. Dann liege ich wieder die ganze Nacht wach."

„Sie gestatten, dass ich …"

„Oh natürlich", antwortete Brünhilde, die von Minute zu Minute zuversichtlicher wurde, das die Agentur Friedwald die Angelegenheit zu ihrer vollsten Zufriedenheit lösen würde.

„Herr Rieger, könnten Sie mir bitte einen Kaffee bringen? Danke."

„Mit Ihrem Mann ist also alles in Ordnung", rekapitulierte Kiesewetter und ließ Brünhilde dabei nicht aus den Augen, die bestätigend nickte.

„Alles. Ihre Behandlung hat, wie ich bereits ausführte, Wunder gewirkt. Wissen Sie, wenn wir zu Beginn so in trauter Zweisamkeit unsere Abende verbrachten, ohne Fußball, und ich ihn so von der

Seite betrachtete, während die Gamsbauern sangen, da wirkte selbst Walter glücklich. Im Grunde, das wusste ich, liebte er Volksmusik."

Es klopfte und Rieger trat mit einem kleinen Tablett in der Hand ein.

„Oh Gott!", schrie Brünhilde, als sie sich umdrehte und Rieger erblickte.

„Keine Sorge, Frau Schmitz", reagierte Kiesewetter sofort und ergriff beruhigend ihre Hand, „so weit ist unsere Behandlung noch nicht fortgeschritten."

„Ich dachte, er … dieser ungesunde Gesichtsausdruck … kommt wohl nicht viel an die frische Luft Ihr Mitarbeiter", meine sie als Rieger die Tür hinter sich ins Schloss gezogen hatte.

Kiesewetter nippte an seinem Kaffee und lächelte gekünstelt.

„Wo war ich stehen geblieben? Ach ja, Volksmusik. Wissen Sie, morgens habe ich Walter immer angestaubt und", Brünhilde beugte sich vor und senkte ihre Stimme zu einem Flüstern herab, „einmal habe ich, ganz behutsam natürlich, hinter dem Ohr mit Möbelpolitur, aber es brachte nichts. Die Stelle wurde ganz milchig."

„Sie haben die Anleitung nicht gelesen, Frau Schmitz", tadelte Kiesewetter sie mit erhobenem Zeigefinger.

„Schon … Wie gesagt, alles war in bester Ordnung und dann lernte ich beim Einkaufen Kurt kennen. Nicht, dass ich mich mit Walter nicht unterhalten hätte, aber auf die Dauer – sehr gesprächig war er ja nie, aber … Jedenfalls mit Kurt war das anders. Er ist mein Jahrgang, wird also nächstes Jahr siebzig und seit drei Monaten unternehmen wir täglich etwas. Wie zwei Verliebte", meinte Brünhilde verlegen und wurde ungewöhnlich rot.

„Jetzt verstehe ich …"

„Wie schön, Herr Kiesewetter", unterbrach Brünhilde ihn und verlor endgültig ihre innere Anspannung.

„Herr Kurt … ich meine, Ihr neuer Bekannter … Sie wissen nicht, wie Sie ihm …"

„Hier!", sagte Brünhilde und legte einen Werbeprospekt der Agentur Friedwald auf den Tisch.

Kiesewetter griff danach und blickte anschließend verwundert auf Brünhilde.

„Ich verstehe nicht? Was hat ein Werbeprospekt mit Ihrem Problem zu tun?", würgte Kiesewetter mühselig hervor und unterdrückte seine schlimmsten Befürchtungen.

„Wissen Sie, dass ich diese Prospekte von Ihnen fast wöchentlich erhalte? Einladungen zu Führungen, Neuerungen der Agentur Friedwald, Angebote für Freundschaftswerbungen und erst letzte Woche diesen hier."

Brünhilde klopfte mit dem Zeigefinger energisch auf den Prospekt, den Kiesewetter vor sie hingelegt hatte.

„Ich verstehe immer noch nicht ganz, Frau Schmitz", meinte er irritiert.

„Hier!", Brünhildes Stimme überschlug sich fast vor Erregung, „Große Ereignisse: Die Fußballweltmeisterschaft 2006 in Deutschland im Themenpark Stuttgart."

„Ja … schon … und?"

Brünhildes Ton wurde kameradschaftlich. „Walter nimmt daran teil. Als Fan auf der Tribüne. Ich spende ihn sozusagen."

Kiesewetter verschlug es die Sprache, während Brünhilde aufstand, ihre Handtasche unterklemmte und das Büro verließ, bevor Kiesewetter irgendwelche Einwände erheben konnte.

Wallensteins erster Fall

Kiesewetter erhob sich und begrüßte Herrn Wallenstein, dessen Ausbildung gestern ihren erfolgreichen Abschluss gefunden hatte und der heute sein erstes Beratungsgespräch führen würde.

„Guten Morgen, Herr Wallenstein. Wie stehen die Sterne?", scherzte Kiesewetter und drückte die Hand seines neuen Kollegen.

„Gut ... hoffe ich", antwortete Wallenstein zaghaft, rückte seine Hornbrille zurecht und lächelte unsicher.

„Wen haben Sie denn?", wollte Kiesewetter wissen, während er hinter dem Schreibtisch Platz nahm und kopfschüttelnd die Akte seines ersten Kunden überflog.

„Herrn van Loft."

„Oh! Den berühmten Opernsänger. Da beglückwünsche ich Sie aber, Herr Wallenstein. Ich hingegen" - er seufzte schwer - „muss mich mit diesem skurrilen Millionär herumärgern."

„Ärgern?"

„Er will seine Ahnen aus der Familiengruft. Die Stammeslinie reicht bis in 16. Jahrhundert zurück", Kiesewetter fühlte, wie ihm bereits jetzt der Schweiß ausbrach. „Ihm schwebt ein Totentanz vor. Aber ich will Sie nicht mit meinen Problemen ... Viel Glück, Herr Wallenstein! Und denken Sie daran, das Notfallhandbuch liegt in der ersten Schublade."

„Danke, Herr Kiesewetter. Ich werde Sie nicht

enttäuschen", hauchte Wallenstein, verbeugte sich mehrmals und verließ rückwärts das Büro seines Lehrers und Mentors.

Van Loft betrat die Empfangshalle von Friedwald.

„Guten Tag, gnädige Frau", intonierte van Loft in seiner gesamten Leibesfülle. „Ich habe einen Termin."

„Van Loft", wiederholte die Empfangsdame „Hier haben wir Sie ja, Herr van Loft. Ich werde Herrn Wallenstein von Ihrem Eintreffen informieren. Wenn Sie sich einen Augenblick gedulden würden."

„Danke, sehr freundlich", sagte van Loft und knöpfte seinen Umhang auf. Er sah sich etwas gelangweilt um, ehe sein Blick auf dem Fernsehschirm haften blieb.

„Schlüpfen Sie in die Rolle berühmter Fernsehstars", erklärte die freundliche Stimme, während Szenen aus Klassikern des Films über den Bildschirm flimmerten.

„Hier könnte eine wunderbare Freundschaft für Sie beginnen oder Sie könnten im berühmtesten Wagenrennen der Geschichte …"

„Herr van Loft", hüstelte Wallenstein furchtsam im Angesicht von van Lofts eindrucksvoller Gestalt.

„Ja! Van Loft", stellte sich van Loft vor und quetschte Wallensteins Hand auf die Hälfte ihrer ursprünglichen Größe zusammen.

„Es freut … mich, Sie … kennenzulernen", stieß Wallenstein mit Tränen in den Augen aus und atmete sichtlich erleichtert auf, als van Loft seine Hand freigab.

„Wenn ich Sie in mein Büro bitten darf?", flüsterte er und wies seinem ersten Kunden den Weg.

„Ich darf vorgehen?"

„Ich bitte darum", antwortete van Loft und folgte
Wallenstein in dessen kleines, aber freundlich eingerichtetes Büro. An den Wänden hingen Fotografien aus den verschiedenen Themenparks.

„Wie kann ich Ihnen helfen?", fragte Wallenstein,
wobei er die erste Schublade unmerklich öffnete
und sich vergewisserte, dass das Notfallhandbuch
auch ordnungsgemäß an seinem Platz lag.

„Es geht", hub van Loft wohltönend an, ehe seine
Stimme plötzlich zu einem Flüstern herabsank, „um
eine Bekannte von mir. Sie …"

„Sie möchten Ihrer Bekannten eine kleine Erho-
lung außerhalb ihrer vier Wände buchen", half
Wallenstein van Loft aus und fühlte, wie ein erster
Stein von seinem Herzen fiel.

„Sie nehmen mir die Worte aus dem Mund, Herr
Wallenstein", sagte van Loft und blickte wie Octa-
vio schmerzvoll in Richtung Himmel.

„Sehr schön. An was hatten Sie denn im Speziel-
len gedacht?"

„O, ich bin für jede Anregung dankbar", erwiderte van Loft lächelnd und beugte sich zu Wallenstein hinüber.

„Ich bitte Sie nur um Ihre Diskretion, Herr Wallenstein. Ich trete hier quasi als Gast aus dem nebu-
lösen Reich der Toten auf."

„Sie?", Wallenstein schluckte trocken. „Ich verstehe nicht", stotterte er hilflos und öffnete die
oberste Schublade ein Stück weiter.

41

„Ich erscheine im Auftrag meiner Bekannten", donnerte van Loft und brachte Wallenstein bis in die Haarspitzen zum Erzittern. „Ich sorge für Ihren Aufenthalt und sonst erscheint mein Name auf keinem Vertrag."

„Ah … Sie möchten anonym bleiben", rief Wallenstein, wobei sich sein Gesicht merklich aufhellte. „Der edle Spender im Hintergrund. Ich verstehe", fuhr er dienstbeflissen fort und zog mit dem Zeigefinger die Haut unter dem rechten Auge nach unten.

„Ich muss mich auf Ihre Diskretion verlassen können!"

„Natürlich … Selbstverständlich. Sie sind noch nie hier gewesen, Herr van Loft … ich meine, van Luft … haha", grinste Wallenstein und wurde sofort wieder ernst, als er van Lofts Gesichtsausdruck bemerkte.

„Entschuldigen Sie! Ihre Bekannte … woran …", stammelte Wallenstein unartikuliert und warf einen verstohlenen Seitenblick auf seine Handinnenfläche.

„Leiden … erkrankt … indisponiert … unpässlich … marode …", las er dort.

„Woran", fuhr er mit fester Stimme fort, „indisponiert Ihre Bekannte denn?"

Sie", antwortete van Loft irritiert, „laboriert an einer Erkältung; ausgelöst vermutlich durch eine Unterkühlung ihres Körpers. Sie ist so zerbrechlich, müssen Sie wissen … so verletzlich."

Van Lofts Stimme bebte, füllte den Raum mit Schwermut und hievte Wallenstein den vorhin von ihm abgefallenen Stein erneut auf seine Schultern.

„Man kann nicht vorsichtig genug sein", stimmte Wallenstein ihm zu, rückte seine Brille zurecht und wuchtete den Notfallordner auf den Tisch. Er schlug den Deckel auf, fuhr mit dem Finger über das Inhaltsverzeichnis, schlug die entsprechende Stelle auf und überflog die wichtigsten Paragrafen. Anschließend entnahm er der untersten Schublade den neuesten Hochglanzprospekt der Agentur Friedwald, breitete ihn vor van Loft aus und wies auf das angedachte Bildnis der jagenden Amazonen.

„Wie würde Ihnen diese Amazonengruppe zusagen? Sie entsteht unter der Leitung unseres künstlerischen Leiters Herrn Roggemüller, der auch für die Weltmeisterschaft 2006 verantwortlich zeichnete."

„So, so … nun … Amazone? Es fällt mir schwer, mich für diesen Gedanken zu erwärmen, Herr Wallenstein. Sie ist ja ein so zerbrechliches Wesen …"

„Dann könnte ich Ihnen noch – ein Geheimtipp sage ich Ihnen …" Er blätterte weiter. „Allerdings gibt es bereits Interessenten – Aphrodite. Der Aufenthalt wäre allerdings in Hannover … Sie müssten die kleine Unpässlichkeit der Reise bei Besuchen in Kauf nehmen."

„Es wird keine Besuche geben", antwortete van Loft verärgert und schlug die Beine übereinander. „Sie", meinte er mit einer weitschweifigen Geste, „wird es begrüßen, mich künftig … Nun, wir schieden nicht gerade im besten Einvernehmen."

„Ich verstehe", stieß Wallenstein in einer Atempause van Lofts aus.

„Sie … eine Frage beschäftigt mich, Herr Wallenstein", sagte van Loft gedehnt. Er schien nachdenklich, so als suche er nach den passenden Worten.

„Meine Bekannte … ehemalige Bekannte … Sie leidet an … Es ist ein nervöses Zucken. So etwa", erklärte van Loft und bewegte den Kopf ruckhaft hin und her. „Ich persönlich vermute, dass es mit der Wirbelsäule … Ihre Haltung war nie … Aber das tut hier nichts zur Sache. Könnte dieses unattraktive Gebrechen behoben werden?"

„Überhaupt kein Problem", winkte Wallenstein ab. „Aphrodite? Bleibt es dabei?"

Van Loft nickte erleichtert, suchte in der Manteltasche nach seiner Brieftasche und schien es plötzlich eilig zu haben.

„Wie viel?"

„Es tut mir leid … Wenn wir sämtliche Formalitäten erledigt haben … Er muss … Nicht vor morgen Vormittag."

„Können wir die Angelegenheit nicht beschleunigen? Gegen einen entsprechenden Obolus natürlich", sagte van Loft erregt. „Ein Engagement, Sie verstehen. Ich Reise noch heute ab und möchte die Sache in trockenen Tüchern wissen, wie man so sagt."

„Einen Augenblick, Herr van Loft."

Wallenstein stürzte aus dem Büro, während van Loft die Bilder an der Wand näher in Augenschein nahm.

„Sie haben Glück, Herr van Loft", strahlte Wallenstein und warf die Tür hinter sich ins Schloss. „Wir vereinbaren eine Pauschalsumme, die eventuelle Zusatzkosten bereits beinhaltet. Ich muss Sie darauf hinweisen, dass es dadurch etwas teurer wird. Aber die tatsächlichen Kosten lassen sich im Voraus nicht endgültig berechnen, zumal Sie bereits dieses Gebrechen der Wirbelsäule ansprachen. Ich bin mit meinem Vorgesetzten übereingekommen, dass Sie mir die Schlüssel zu der Wohnung Ihrer Bekannten geben. Wir erledigen sämtliche Formalitäten, und Sie haben mit der ganzen Angelegenheit nicht das Mindeste mehr zu tun. Schlüssel und Jahreskarte senden wir Ihnen natürlich zu. Was die Wohnung ihrer Bekannten betrifft, so müssen Sie …"

Wortlos legte van Loft einen einzelnen Schlüssel auf den Tisch.

„Ich kann Ihre Agentur nur jedermann ans Herz legen. Sie übertreffen …"

Van Loft versagte die Stimme. Er wischte sich eine Träne aus dem Gesicht und schien überdies erleichtert, so als hätte er sein Leben gerade neu gewonnen.

„Wo befindet sich Ihre Bekannte? Ich denke, angesichts ihrer schlimmen Erkältung … Unterkühlung wird Sie im Bett liegen."

Van Loft erhob sich ruckartig und warf krachend den Stuhl um. Er wirbelte den Umhang um seine Schultern, schritt beherzt zur Tür und drehte sich dort ein letztes Mal zu Wallenstein um.

„Sie finden meine Bekannte in der Gefriertruhe neben dem Kühlschrank. Ein bedauerliches Missgeschick … Sie ist ja so zerbrechlich …", flüsterte van Loft und stürmte aus Wallensteins Büro.

Modell Oskar

Trude Gläser stemmte sich mit aller Kraft gegen die Eingangstür der Agentur Friedwald. Unter Aufbietung ihrer letzten Reserven schlüpfte sie durch den schmalen Spalt, ehe die Glasfront hinter ihr zuschlug.

„Gläser", sagte Trude der beschäftigten Empfangsdame sichtlich außer Atem und fächelte sich mit einem Prospekt etwas Kühlung zu.

„Guten Morgen, Frau Gläser", erwiderte die freundliche Dame hinter der Rezeption. „Leider ist heute aufgrund der Anzeige zu unserem Modell Oskar einiges an Terminen durcheinandergeraten. Die Resonanz ist erfreulicherweise ungemein positiv. Deshalb möchte ich Sie um ein wenig Geduld bitten. Herr Zimmermann wird Ihnen …"

Das Telefon klingelte.

„Entschuldigen Sie! So geht das bereits den ganzen Morgen", flüsterte die junge Dame ihr hinter vorgehaltener Hand zu und hob ab.

„Die Agentur Friedwald wünscht Ihnen einen guten Morgen. Hier spricht Frau Walter. Womit kann ich Ihnen behilflich sein?"

Sie deutete Trude Gläser mit dem Kopf an, Platz zu nehmen.

„Sie interessieren sich für unser Modell Oskar", hörte Trude Frau Walter im Hintergrund sagen, während sie die Empfangshalle durchquerte und sich im unmittelbaren Einflussbereich der Videowand in einen der Schalensessel setzte.

Erst jetzt fiel ihr das Angebot des Hochglanzprospektes ins Auge, mit dem Trude ihrer Hitzwellen Herr zu werden versuchte.

„Die Sorglos-Pakete für Ihre Lieben", prangte dort in goldenen Buchstaben mit schwarzer Umrandung.

„Wir übernehmen die Pflege Ihrer Angehörigen", las Trude, „und bieten Ihnen folgende Pakete an:

Das Einsteiger-Paket für die solide Pflege. Hier bieten wir monatlichen Wechsel der Kleidung. Hautpflege erfolgt mit unseren selbst entwickelten Pflegeprodukten der Marke Real Style und alle drei Monate wird die Frisur gewechselt.

Das Luxus-Paket für die gehobenen Ansprüche: Wöchentlicher Wechsel der Kleidung durch unsere erfahrenen Modeexperten. Ganzkörperpflege auf höchstem Niveau mit der besonderen Pflegeserie Ewigkeit aus unserem Real- Style -Programm. Natürlich wird Ihr Angehöriger bei jedem Kleiderwechsel mit einer neuen Frisur versehen. Hinzu kommen kostenlose Accessoires, ausgewählt von unseren speziell geschulten Mitarbeitern, welche die persönliche Note Ihres Angehörigen noch besser zur Geltung bringen werden.

Das Flatrate-Paket für die Extravaganten unter uns: Täglicher Wechsel der Kleider durch unsere Modeexperten. Tägliche Körperpflege mit der hoch dosierten Lotion ‚Schönes Sein' aus der Pflegeserie Real Style. Dieses Produkt garantiert einen lang anhaltenden perfekten Teint, einen sofortigen optischen Glättungseffekt und ist für alle Hauttypen geeignet. Selbstverständlich kümmern sich unsere

Mitarbeiter auch um die kleinen Dinge des Lebens. So wird die nähere Umgebung Ihres Angehörigen liebevoll dem täglichen Outfit angepasst.

In der Flatrate inbegriffen ist die Dokumentation Ihres Lieben, welche Sie monatlich in gebundener Form von uns zugesandt bekommen."

Trude blätterte interessiert um.

„Bestellen Sie jetzt zum günstigen Einführungspreis und sichern Sie sich eine der wertvollen Prämien.

Darüber hinaus nimmt jede Bestellung an unserem Wettbewerb teil. Hauptpreis ist kostenloser Platz in einem unserer Themenparks.

Die ersten fünfzig Besteller erhalten zudem ein Produkt aus unserer Pflegeserie Real Style."

„Frau Gläser", rief eine sonore Stimme neben Trude, während sich ihr eine Hand entgegenstreckte.

Trude Gläser kämpfte sich mit Hilfe von Herrn Zimmermann aus dem Schalensessel, bedankte sich mit einem Lächeln und folgte dem Berater der Agentur Friedwald in sein nicht gerade großes Büro.

„Setzen Sie sich, Frau Gläser", bot Zimmermann ihr Platz an, umrundete den mit Papieren vollgestopften Schreibtisch und setzte sich.

„Ausgerechnet heute ist unsere Computeranlage defekt", versuchte Zimmermann ihr das Chaos zu erklären.

„Unser Modell Oskar" - er winkte ab - „allein heute Morgen dreißig Anfragen und wir haben jetzt erst gerade nach zehn Uhr. Ich verstehe das nicht", sagte er und wirkte tatsächlich ein wenig erschöpft.

„Womit kann ich Ihnen dienen, Frau Gläser?"

„Meine Bekannte", begann Trude fächelnd, „Frau Schmitz, hat mir Ihre Agentur in den wärmsten Tönen empfohlen. Zuerst stand ich der Angelegenheit skeptisch gegenüber, aber jetzt, wo es Rüdiger so schlecht geht … wissen Sie, ich habe doch nichts außer ihn."

Trude verstärkte ihre Bemühungen, in dem überhitzten Büro einen Ort kühlerer Beschaffenheit zu erzeugen.

„Frau Schmitz", wiederholte Zimmermann mehrmals, den Blick nach links oben an die Decke geheftet, als es plötzlich klopfte und ein junger Mann mit Pickelgesicht den Kopf hereinsteckte.

„Die Anlage läuft wieder."

„Oh wie schön!", flötete Trude und hoffte auf Linderung der unerträglichen Temperaturen. „Die Klimaanlage wurde repariert?"

„Leider nein", antwortete Zimmermann räuspernd und schaltete den Computer ein.

„So, jetzt werden wir uns die Akte von Frau Schmitz einmal ansehen. Einen Augenblick bitte. Neuste Technik", erklärte er Trude nebenbei, während verschiedene Meldungen über den Schirm flimmerten.

„Jetzt das Suchprogramm starten", murmelte Zimmermann, und mit einem strahlenden Lächeln quittierte er den Lohn seiner Bemühungen.

„Frau Schmitz. Mit tz?"

„Ja, wohnhaft in der Gunther von Hagens Straße 27."

„Danke. So … jetzt müsste es … Ja, da haben wir Ihre, Frau Schmitz."

Zimmermann überflog die Akte, und mit jeder Seite verdüsterte sich sein Gesichtsausdruck mehr.

„Ist Ihnen nicht gut? Die Hitze …"

„Nein, nur", er hüstelte, wie um Zeit zu gewinnen. „Es handelte sich um ein Pilotprojekt, das wir nach reiflicher Überlegung trotz des Erfolges eingestellt haben.

„Sie haben es eingestellt!", rief Trude aufgebracht und sackte enttäuscht in sich zusammen.

„Es gab Komplikationen. Nicht von unserer Seite", erklärte Zimmermann, um Richtigstellung bemüht. „Es lag am mitgelieferten Handbuch. Es wurde nicht befolgt. So kam es zu Verletzungen in einem für uns nicht mehr tolerierbaren Rahmen. Die Kosten … Sie verstehen … jedenfalls wurde das Projekt eingestellt."

„Aber das bedeutet ja …", stotterte Trude mit hochrotem Kopf, „dass Rüdiger - ich meine … Er ist ohne mich verloren. Wenn ich mir vorstelle, wie er so alleine dort draußen in Ihrem Themenpark steht. Unmöglich. Gibt es denn keine andere Möglichkeit? Eine Wiederaufnahme des eingestellten Projektes?"

„Leider nein", antwortete Zimmermann kaum hörbar und löschte die Akte Schmitz vom Bildschirm. Plötzlich hellte sich sein Gesicht auf.

„Machen Sie sich keine Sorgen, Frau Gläser, wir – ich und die Agentur Friedwald – haben die Lösung für Ihr Problem. Ihr Mann wird nicht von Ihnen getrennt werden."

„Sie, oh, Herr Zimmermann", rief Trude mit sich überschlagender Stimme und vergaß darüber sogar ihre Kühlung.

„Sie machen eine Ausnahme?"

„Das nicht gerade ... Ich empfehle Ihnen unsere neueste Kreation: Das Modell Oskar", sagte Zimmermann stolz und wartete offensichtlich auf eine Reaktion vonseiten Trudes.

„Ich verstehe nicht", antwortete Trude verunsichert und konnte ein gewisses Schuldgefühl nicht unterdrücken.

„Sie haben noch nichts von Oskar gehört? Keine Anzeige ...?", hauchte Zimmermann resignierend und brach, tief erschüttert über ihre Unkenntnis, ab. Frau Gläser bestätigte wieder einmal seine These, dass die Gleichgültigkeit ihrer Branche gegenüber erst mit dem möglichen Umzug eines Angehörigen ins Interesse der Bevölkerung tritt.

„Hier wartet noch viel Arbeit auf uns", dachte Zimmermann und hoffte, dass seine Eingabe um die Einstellung eines Werbefachmannes endlich verfolgt und hoffentlich positiv beschieden wird.

„Es tut mir aufrichtig leid, aber ... nein. Wenn Sie mich freundlicherweise von Ihrem Modell Oskar in Kenntnis setzen könnten?"

„Natürlich."

Zimmermanns Stimme klang gleichgültig. Sie büßte mit jedem Satz aus der Werbebroschüre über das Modell Oskar zusätzlich an Überzeugungskraft ein.

„Das Modell Oskar", zitierte Zimmermann und breitete den Prospekt vor Trude aus, „beruht auf einer Technik, die der Menschheit seit vielen Jahren vertraut ist. Unsere motivierten Mitarbeiter haben die uralten Herstellungspraktiken verfeinert und somit können wir Ihnen ab sofort unser Modell Oskar anbieten."

Zimmermann blätterte um, während Trude ein überraschtes „Oh!" ausstieß.

„Wir liefern Ihnen Ihren lieben Angehörigen …"

„Sie brauchen nicht weiter zu reden, Herr Zimmermann. Dieses Bild hat mich völlig überzeugt. Wo soll ich unterschreiben?"

„Einen Augenblick bitte! Wir liefern Ihnen Ihren lieben Angehörigen und versichern Ihnen, dass nur wenig Pflege zu seinem … äh … Wohlbefinden notwendig ist. Trotzdem fordern wir künftig eine Unterschrift für das Lesen des Handbuchs. Die Kosten … ich deutete es an."

„Wie groß … so oder so?", wollte Trude wissen und bewegte ihre Hand in einem gewissen Abstand über dem Boden hin und her.

„Das Modell Oskar entspricht ungefähr einem Zehntel der ursprünglichen Körpergröße, bedingt durch den von uns patentierten Schrumpfungsprozess. Er passt praktisch in jedes Regal", konnte Zimmermann sich nicht verkneifen zu sagen und druckte die entsprechenden Vertragsunterlagen für Trude aus.

Der Hellseher

Der Herr im dunklen Anzug betrat die Agentur Friedwald und orientierte sich sofort Richtung Empfang.

„Gabriel Funkeisen", stellte er sich vor. „Ich habe um neun Uhr einen Termin bei Ihrem Mitarbeiter, Herrn Wallenstein. Zumindest sagten Sie mir das vor einer halben Stunde am Telefon."

Die Dame am Empfang sah überrascht auf.

„Wenn Sie sich einen Augenblick gedulden würden, Herr Funkeisen? Unser Mitarbeiter steht Ihnen sofort zur Verfügung."

Sie lächelte, als wollte sie damit zum Ausdruck bringen, dass Zeit hier nicht mehr so von Bedeutung sein sollte.

Gabriel trommelte mit den Fingern auf den Tresen.

„Die Angelegenheit ist von höchster Wichtigkeit", entgegnete Gabriel, nahm seinen Schirm vom linken Arm und stützte sich abwartend darauf.

„Wenn Sie sich bitte setzen wollen! Ich werde sehen, was ich für Sie tun kann."

Gabriel seufzte, drehte sich auf dem Absatz, durchquerte die Halle und setzte sich mit mürrischem Blick. Zufällig fiel sein Blick auf die Friedwälder Nachrichten.

‚Modell Oskar, ein großer Erfolg unserer bescheidenen Bemühungen.'

Er nahm das Blatt vom Tisch und schlug es auf.

„Leserbriefe", las er, „Riesig gefreut habe ich

mich über die erste Ausgabe Ihrer Friedwälder Nachrichten. Meines Wissens ist es die einzige Zeitschrift, die es über dieses Thema und für unsere Altersgruppe gibt. Jutta G. aus Hameln, 94 Jahre."

Gabriel schüttelte den Kopf und blätterte weiter.

„Die Agentur Friedwald distanziert sich von Meldungen, wonach Johannes Heesters unsere Behandlung in Anspruch genommen haben soll.

Der Entertainer …"

Weiter unten fiel ihm ein Erfahrungsbericht über das Modell Oskar ins Auge:

„Ich bin Ihnen von ganzem Herzen dankbar. Es vergeht kein Tag, an dem ich nicht Ihrer Agentur gedenke. Seit der Erkrankung meines lieben Mannes sitze ich oft stundenlang an seiner Seite und betrachte sein Gesicht. Er wirkt so glücklich! Ja, ich darf sagen, ein überirdischer Glanz liegt auf seinem Gesicht. Jede Woche pflege ich ihn mit der von Ihnen empfohlenen Kosmetikserie, und wenn, wie jetzt gerade, die Sonne so herrlich ins Zimmer scheint und mein Mann den Arm um Alf legt, – seine Lieblingsserie – dann weine ich oft vor Glück still in mich hinein.

Liebe Agentur Friedwald, hoffentlich können Sie noch viele Menschen so glücklich machen wie mich." Berta M. aus Gütersloh, 88 Jahre.

In diesem Augenblick betrat eine junge Frau die Agentur.

„Gabi Kowalke. Ich komme wegen meiner Tochter", erklärte sie der Dame am Empfang und legte einen dünnen Ordner vor sie hin.

„Einen Augenblick, Frau Kowalke. Herr Kiesewetter steht sofort zu Ihrer Verfügung."

„Danke."

Die junge Frau blieb unschlüssig stehen, wandte sich dann dem Monitor zu, der gerade einen Bericht über den Themenpark Hannover brachte.

„Ihre Papiere!"

„Entschuldigen Sie, aber ich bin heute etwas durcheinander."

Zwei Männer im mittleren Alter stürmten in grüner Montur die Agentur, umstellten den Empfang und nahmen Haltung an.

„Wir kommen von der Nordfront", brüllte der Linke und schlug die Hacken zusammen. „Unser Kamerad Heinrich Hummler …"

„Herr Zimmermann wird sich sofort um Sie kümmern", unterbrach die Dame am Empfang energisch die Zwei-Mann-Truppenformation.

„Sehr wohl!", schrie der Kommandant, nickte seinem Trupp zu und marschierte auf Gabriel zu, der seine Nase noch tiefer in der Zeitung vergrub.

„Hoffentlich bin ich nicht zu spät dran", dachte er und zählte die Minuten, bis er aufgerufen wurde.

„Beratungszimmer fünf, Herr Funkeisen."

Gabriel klopfte zweimal.

„Herein!"

Er trat ein.

„Herr Funkeisen", begrüßte ihn sein Gegenüber, erhob sich umständlich und streckte ihm die Hand entgegen.

„Was kann ich für Sie tun?"

„Es ist … Meine Mission … Nun, es ist schwierig für Außenstehende … Ich bin ein Medium."

Gabriels Körper straffte sich erleichtert.

„Nun war es heraus", dachte er und sah seine Aufgabe wesentlich optimistischer.

„Ich verstehe nicht", erwiderte Wallenstein offensichtlich irritiert und legte die Stirn in Falten.

„Ich empfange unter anderem Botschaften von Jenseitigen. Sie sprechen zu mir."

„Auch Elvis?"

„Bisher nicht."

„Bedauerlich", meinte Wallenstein und schien ehrlich enttäuscht.

„Heute bin ich im Auftrag des Herrn unterwegs", gestand Gabriel Herrn Wallenstein ohne Umschweife, so als handle es sich um die natürlichste Angelegenheit der Welt.

„Welches Herrn, bitte?"

„Des Herrn", wiederholte Gabriel und wandte den Blick himmelwärts.

„Aha!", erwiderte Wallenstein und kratzte sich nachdenklich an der Stirn. „Und was wünscht der Herr, dass wir für ihn tun?"

„Er ist besorgt", meinte Gabriel im Brustton tiefster Überzeugung. „Ihre Behandlung ist - wie drückte er sich aus? - gegen die von ihm erteilten Gesetze. Staub zu Staub … Sie verstehen?" Wallenstein nickte. Er wirkte ernstlich besorgt und schielte, ohne dass sein Gegenüber es bemerkte, Hilfe suchend zu seinem Notfallhandbuch hinüber.

„Einen Moment bitte, Herr Funkeisen."

Er nahm seine Bibel, schlug das Inhaltsverzeichnis auf und fuhr mit dem Zeigefinger mehrmals die einzelnen Rubriken ab.

„Nichts", dachte er. „Weder ein Kapitel über geistig Verwirrte noch über Propheten."

Er lächelte Gabriel aufmunternd zu, obwohl diese Geste bereits seine schauspielerischen Fähigkeiten überstieg, seine Kräfte ohnehin, und nahm den Hörer ab.

„Herr Kiesewetter", flüsterte er hinter vorgehaltener Hand und schilderte ihm den Fall. „Ja", antwortete er. „Der Erzengel Gabriel persönlich. Rufen Sie bitte die Polizei oder den Notarzt, oder noch besser, beide zusammen. Ich versuche, ihn so lange aufzuhalten. Ich möchte noch einmal energisch darauf hinweisen, dass wir, die Agentur Friedwald, mit zunehmender Popularität nicht umhin kommen, einen Sicherheitsdienst zu kontaktieren."

Er legte auf, zog ein Taschentuch aus der Tasche und wischte sich die Stirn ab, auf der sich dicke Schweißperlen gebildet hatten.

„Ich möchte nur noch einmal betonen, dass meine Angelegenheit von höchster Dringlichkeit ist und keinen weiteren Aufschub duldet", warnte Gabriel Herrn Wallenstein und hob drohend seinen Schirm „Nicht, dass Sie versuchen mich hinzuhalten oder mit niederen Chargen abzuspeisen."

„Nein! Schließlich sind Sie im Auftrag des Herrn unterwegs", verteidigte sich Wallenstein und suchte hinter dem Notfallhandbuch Schutz.

„Und?"

„Was und?", fragte Gabriel unwirsch zurück.

„Ihre Botschaft? Der Herr beliebte, sich Sorgen zu machen. Staub zu Staub … Sie erinnern sich doch hoffentlich."

Gabriel Funkeisen schien zu überlegen, ehe sich sein Gesicht aufhellte.

„Der Herr wünscht mehr Staub", schrie Gabriel, „und wenn unser lieber Benedikt XVI ... so möchte er in Ihren Hallen seine Auferstehung finden."

„Natürlich!", antwortete Wallenstein zackig und zog sich weiter zurück.

In diesem Augenblick wurde die Tür aufgerissen und zwei Polizisten betraten zusammen mit Kiesewetter das Büro.

„Der Herr Funkeisen", meinte der kleinere der Polizisten, während der andere lachend ergänzte: „Mal wieder im Auftrag des Herrn unterwegs, Gabriel?"

„Der Herr war besorgt. Wegen des Staubs ..."

„Sehr schön, Gabriel! Dann wollen wir mal ...! Der Herr wartet bereits zu Hause auf dich."

„Oh! Eine neue Botschaft! Ich komme, meine Herren."

Gabriel Funkeisen erhob sich eilfertig, verabschiedete sich mit einem Nicken und verließ in Begleitung der Boten Gottes die Agentur Friedwald.

„Ich dachte schon", stammelte Wallenstein mit ersterbender Kraft, „dass ... mein letztes Stündlein ..."

„Er ist heute Morgen bei einem Arzttermin geflüchtet. Ein harmloser Irrer, Herr Wallenstein. Es bestand nie irgendeine Gefahr."

„Wie beruhigend! Wenn er wenigstens eine Botschaft von Elvis gehabt hätte!"

Kiesewetter verließ grinsend das Büro und wies die Dame am Empfang an, ihm den nächsten Kunden zuzuweisen.

Das Firmenjubiläum

I

Kiesewetter lief unruhig im Büro auf und ab, das heißt: Er drehte sich mehr oder weniger im Kreis. Der neue Mitarbeiter des Quartals ging ihm nicht aus dem Sinn. Zimmermann und sein Vorschlag für den neuen Hochglanzprospekt:

„Wir werden alt, wir werden älter, wir werden Friedwälder."

Verflucht! Weshalb war ihm dieser Slogan nicht in den Sinn gekommen?

Seit Einführung des Mitarbeiters des Quartals vor einem halben Jahr – übrigens eine Idee des Juniorchefs – im Vorfeld des 5-jährigen Jubiläums von Friedwald, welches an diesem Wochenende stattfinden sollte, strapazierte Kiesewetter seine Gehirnwindungen vergeblich.

Kiesewetter seufzte und verkroch sich hinter seinen Schreibtisch.

Die Empfangshalle der Agentur war festlich geschmückt. Überall hingen schwarze Luftballons von der Decke herab, auf der unübersehbar eine Fünf prangte. Dunkel gefärbte Rosensträuße schmückten die runden Tische, auf denen die neueste Ausgabe der Friedwälder Nachrichten zur Mitnahme bereitlag.

An der Tür versah Opa Lochner seinen Dienst.

Wenn jemand die Halle betrat, lüftete Opa seine Mütze und sagte mit freundlicher Grabesstimme: „Guten Tag. Wir freuen uns über Ihren Besuch."

Betreut wurde er von seiner Frau, die ihm gegenüber mit der Kamera stand und jede seiner Aktionen auf Film festhielt.

„Das ist mein Bruno", verkündete sie stolz jedem, der es hören wollte, ohne ihre filmische Dokumentation des Ereignisses zu unterbrechen.

Opa Lochner, der sein blühendes Äußeres dem Geniestreich des neuen Mitarbeiters in der Präparation verdankte, würde nach dem Jubiläum in den Themenpark Stuttgart übersiedeln und dort sein neues Domizil im Bereich „Aktiv im Alter" beziehen.

Eine Frau in mittleren Jahren betrat schüchtern die Empfangshalle.

„Guten Tag. Wir freuen uns über Ihren Besuch", begrüßte sie Opa Lochner und hob seine Mütze.

Die Frau bedankte sich und lief rasch zum nächsten Tisch. Ein Student näherte sich ihr, überreichte ein Glas Sekt im Namen des Hauses und erkundigte sich nach ihren Wünschen.

„Ich wollte mich nur umsehen", antwortete sie kaum hörbar und nippte an dem Glas.

„Endlich Frühling! Endlich Sonne! Aber Vorsicht! Schon mit der Frühlingssonne kann die zarte Haut Ihres lieben Angehörigen Schaden nehmen. Deshalb ist es wichtig, dass Sie Ihre Angehörigen richtig pflegen. Wir empfehlen: Nova! Erhält den natürlichen Teint, ohne zu glänzen und schützt Sie einen ganzen Tag lang."

„Die neue Attraktion im Mythologiepark in Hannover! Der Zentaur. Sehen Sie und bestaunen Sie. Springreiter Michael von Hüpf und sein Lieblingspferd Rochade in perfekter Symbiose. Tausende pilgerten bereits …"

„Seit mein Mann, der jahrelang die Wohnung nicht mehr verlassen hat, in Ihrem Hause Bekanntschaft mit Oskar gemacht hat, ist er täglich von früh bis spät mit mir im Stadtpark unterwegs. Sie glauben ja nicht, wie lieb er meine Hand hält und mir, in stille Betrachtung unserer wunderschönen Natur versunken, überallhin folgt. Danke für Ihre Hilfe!." Jolande, 57 Jahre aus Nordersted

Zwei junge Männer in dunkler Lederbekleidung stießen die Tür auf, erwiderten Opa Lochners Begrüßung mit einem Knurren und strebten geradewegs auf den Empfang zu.

„Wir haben angerufen. Motorradgemeinschaft „Schnelle Roller"."

Die Dame am Empfang nickte: „Herr Kiesewetter wird sich sofort um Ihre Angelegenheit kümmern, meine Herren. Wenn Sie solange Platz nehmen würden?"

Die beiden entfernten sich knurrend.

Weitere Interessierte strömten in die Empfangshalle.

„Mama, das ist aber ein lustiger Onkel!", rief ein kleiner Junge und trat Opa Lochner gegen das Schienbein. „Guten Tag", erwiderte dieser darauf freundlich. „Wir freuen uns über Ihren Besuch."

Die Videowand präsentierte die Geschichte von Friedwald: „Der Weg zur Ewigkeit". Friedwald III. berichtete aus den Anfängen der Agentur. Neben ihm die erste Arbeit von Firmengründer Jakob Friedwald. Ein Mann Anfang der Sechzig, der, geheimnisvoll ist in diesem Fall nicht der passende Ausdruck, etwas Undefinierbares zum Ausdruck brachte.

„Die rasenden Roller", begrüßte Kiesewetter die dunkel Gekleideten und überreichte ihnen zum Jubiläum Opa Lochner aus Stoff zum Knuddeln.

„Schnelle Roller", knurrte der Vorsitzende, kaute ein wenig auf dem „Roller" herum, ehe er es ausspuckte.

„Gehen wir doch in mein Büro, meine Herren", sagte Kiesewetter mürrisch.

„Ich darf vorgehen?" Kiesewetter eilte in sein Büro, vermied dabei sorgsam jeden Blick auf das überdimensionale Bild des Mitarbeiters des Quartals.

„Was kann ich für Sie tun?", erkundigte er sich, während er hinter seinem Schreibtisch Platz nahm, die Hände faltete und Gesprächsbereitschaft signalisierte, ganz so, wie sie es in ihrer letzten Schulung gelernt hatten.

„Freundlich lächeln, nicht grinsen", dachte Kiesewetter und es wirkte. Sofort zauberte dieser kleine Vorsatz ein zu allen Schandtaten bereites Gesicht hervor, der jedem Kunden suggerierte: „Hier sind Sie willkommen. Hier wird Ihnen geholfen. Wir haben für jedes Problem Verständnis und eine Lösung. Schenken Sie uns Ihr Vertrauen und wir werden Sie nicht enttäuschen."

„Unser Kumpel", begann der Vorsitzende lethargisch. „Es hat ihn … erwischt."

„In einer Rechtskurve?", warf Kiesewetter fachkundig ein.

„Nein. Dieses Glück war ihm nicht vergönnt", antwortete der Andere, ein Hüne von Mensch, und streckte die Beine aus. Hinter Kiesewetter fiel ein Bild von der Wand und ließ sein freundliches Lächeln kurzzeitig gefrieren.

„Ich benötige dringend ein größeres Büro", dachte er und erneut packte ihn die Wut: „Mitarbeiter des Quartals! Damit könnte ich argumentieren."

„Es war doch dieser herrliche Sonntag", fuhr der Hüne fort und stieß seinem Vorsitzenden in die Seite: „Unsere Vereinigung fuhr in den Schwarzwald, nur … Roland … er hatte erst das Haus gekauft …"

In diesem Augenblick klopfte es, und bevor Kiesewetter „Herein", rufen konnte, wurde die Tür geöffnet.

„Hallo Herr Kiesewetter! Ich wollte nur Guten Tag sagen und mich bei Ihnen bedanken. Sie erinnern sich doch? Brünhilde Schmitz. Das Pilotprojekt. Ach, wenn Sie meinen Mann jetzt sehen könnten! So glücklich! Bei jedem Tor streckt er jubelnd die Arme in die Luft – also wie Sie das gemacht haben!"

Tränen der Freude rannen Brünhilde über das Gesicht.

„Ich will Sie aber nicht aufhalten."

Sie deutete auf den neuen Prospekt.

„Ich bin dabei, Herr Kiesewetter. Endlich erfüllt sich mein Lebenstraum – das Theater."

„Sehr schön, Frau Schmitz. Wie Sie sehen …"

„Oh, entschuldigen Sie meine Herren! Tschüss!",

rief Brünhilde übermütig und zog krachend die Tür ins Schloss.

„Eine unserer zufriedenen Kunden", reagierte Kiesewetter schlagfertig, getreu der absolvierten Schulung, und lächelte trotz der beginnenden Schmerzen in seinem Unterkiefer.

„Wie gesagt … Es war dieser herrliche Sonntag und Roland … er wollte unbedingt den Garten … und da ist es dann passiert."

Der Hüne zog geräuschvoll die Nase hoch. „So ein Ende hat er nicht verdient."

„Bitte! Ihr Freund wechselt unter Berücksichtigung sämtlicher Umstände in unser Domizil", verbesserte Kiesewetter und strapazierte seine Kiefermuskeln.

„Wir … also, wir haben gedacht, dass Roland … so auf seiner Chopper … lässige Haltung … Wir können Ihnen ein Bild zur Verfügung stellen."

„Das ist absolut kein Problem, meine Herren. Noch eine Frage: Weshalb entschied er sich für den Umzug?"

„Roland", erklärte der Vorsitzende bereitwillig, „ hat die Hecke hinter dem Haus entfernt und beim Schreddern …" Der Vorsitzende sackte merklich in sich zusammen. „Kam mit dem halben Arm in den Schredder … und … seine Frau … Es war bereits zu spät … Der Blutverlust …"

Kiesewetter nickte betroffen. Plötzlich hellte sich sein Gesicht auf.

„Mitarbeiter des Quartals: Herr Kiesewetter," kam ihm gerade wieder in den Sinn.

Kiesewetter lächelte freundlich und sah über die Anwesenden hinweg in eine imaginäre Ferne.

„Wir verleihen unserem Mitarbeiter Herrn Kiesewetter diese Auszeichnung für die Idee zu unserer neuen Modellreihe ‚John Spilsbury'."

„Ist ihnen nicht gut?", wollte der erste Vorsitzende wissen.

„Nein, alles in Ordnung! Ich werde die Unterlagen vorbereiten, Sie könnten dann – sagen wir - Ende der Woche, am Freitag, zur Unterzeichnung vorbei kommen. Wir können dann auch die restlichen Details besprechen."

Kiesewetter komplimentierte die beiden so schnell wie möglich hinaus, setzte sich freudig erregt hinter seinen Schreibtisch, verschränkte die Hände hinter dem Kopf und schloss die Augen.

„Gratulation, Herr Kiesewetter, zu Ihrer Anregung, dem neuen Geschäftsbereich der Agentur Friedwald, der Modellreihe ‚John Spilsbury', das 3-D- Puzzle, welches wir künftig in drei Größen anbieten werden, und zwar in 250, 500 und 1000 Teilen."

II

Die Empfangshalle der Agentur Friedwald platzte aus allen Nähten und noch immer strömten weitere Besucher herein.

„Guten Tag. Wir freuen uns über Ihren Besuch", begrüßte Opa Lochner mit unverminderter Freundlichkeit jeden Eintretenden und hob dabei seine Mütze.

Vor der Videoleinwand herrschte das meiste Gedränge. Die Kamera zeigte Mars, den Roten Planeten. Langsam zoomte sie einen Teil heran und offenbarte den staunenden Besuchern die riesige Wissenschaftsstation.

„Nehmen Sie teil an der ersten wirklichen Herausforderung, seit Menschen den Mond betreten haben", teilte der Sprecher seinen Zuhörern mit. „Gönnen Sie Ihren Lieben das absolute Abenteuer des 21. Jahrhunderts. Mitarbeiter auf der Basisstation der ersten Marskolonie. Buchen Sie noch heute für Ihren Lieben den Flug seines Lebens. Vierzig Plätze stehen zur Verfügung."

Die Kamera schwenkte um die Station herum, während unten ein Laufband eingeblendet wurde, das anzeigte, wie viele Plätze noch zur Verfügung standen.

„Noch 39 Mitarbeiter gesucht", verkündete die Schrift. „Noch 38 Mitarbeiter."

Walter Bönnigheim sah mit Bestürzung, wie schnell die wenigen Plätze für die Expedition zum Mars von Angehörigen reiselustiger Familienangehöriger gebucht wurden.

Zimmermann drehte das riesige Rad, das stündlich die Möglichkeit bot, einen der begehrten Plätze zum Mars zu gewinnen.

„Noch eine Stunde", seufzte er innerlich und freute sich bereits auf sein ruhiges Büro und ein angenehmes Beratungsgespräch.

Der Zeiger blieb auf dem Feld mit der Nummer 28 stehen. Die junge Frau mit der entsprechenden Nummer trat vor. Zimmermann empfing sie lächelnd, öffnete den Umschlag und beglückwünschte sie zu einem Jahresabonnement der hauseigenen Zeitschrift „Friedwälder Nachrichten", die heute mit einer Sonderausgabe erschienen war.

Neben dem Spielrad stand die Musikgruppe, die vor zwei Monaten bei einem Flugzeugabsturz Ihren Rücktritt verkündete und auf ausdrücklichen Wunsch des Managers künftig ausschließlich im Themenpark Duisburg auftrat.

„Sind das Außerirdische?", wollte ein älterer Herr wissen und zupfte Herrn Zimmermann am Ärmel?

„Nein, es handelt sich bei den fünf Herren um Mitglieder der Death-Metall-Gruppe „Scheintod."

„Aha", meinte der Rentner und schüttelte verwirrt den Kopf.

„So, so, so, billig!", lautete die Schlagzeile des Extrablattes. „Zwanzig Prozent auf das Modell Oskar und unsere sämtlichen Pflegesets."

Charlotte Hafenstein überflog die wenigen Zeilen.

„Mitarbeiter(innen) für unsere Kosmetikabteilung gesucht. Verstärken Sie unser dynamisches Team und helfen Sie mit, dass die Zufriedenheit unserer Kunden auch in Zukunft gesichert ist. Erkennen Sie die Wünsche Ihrer Kunden bereits an ihrem Äußeren ...

Neben Frau Hafenstein, die um zwei Uhr einen Termin bei Herrn Zimmermann hatte, standen zwei Männer mittleren Alters und lachten herzhaft.

„Kennst du den Unterschied zwischen einem Beamten und einem Bewohner des Themenparks Stuttgarts?"

„Nein", erwiderte der andere neugierig.

„Es gibt keinen!"

Beide brachen in lautes Gelächter aus.

„Und", kreischte der eine, „kennst du das neue Motto von dieser Agentur?"

„Bisher nicht", keuchte der andere und prustete los.

„Wir werden kalt, wir werden kälter, wir werden Friedwälder."

„Unerhört!", sagte Charlotte und entfernte sich von den beiden Rüpeln.

„Werden Sie Pate!", prangte auf der Rückseite. „Mit fünfzig Euro im Monat helfen Sie einem verwaisten Angehörigen unseres Themenparks zu einem würdevollen Dasein. Interesse? Dann vereinbaren Sie einen Beratungstermin mit einem unserer kompetenten Mitarbeiter."

„Noch 28 Mitarbeiter gesucht", malträtierte das Laufband Walter Bönnigheim, der angesichts der prekären Situation zum Handy griff.

„Henriette bist du es? Du musst lauter sprechen. Hier ist der Teufel los. Gut! Jetzt kann ich dich besser verstehen. Wie geht es ihm?"

Walter Bönnigheim steckte sich den Zeigefinger in das Ohr und lauschte angestrengt.

„Verdammt, Henriette! Wenn er nicht in den nächsten zwei Stunden, … dann sind die Plätze für die wissenschaftliche Expedition zum Mars vergeben. Ich melde mich wieder", brüllte er in den Hörer und warf einen besorgten Blick auf den Werbefilm.

„Frau Hafenstein, bitte gehen Sie zur Tür Nummer fünf. Herr Zimmermann steht jetzt zu Ihrer Verfügung. Danke."

Charlotte Hafenstein klopfte zaghaft an die Tür.

„Herein!"

Sie drückte die Klinke und streckte den Kopf durch die Tür.

„Nur herein!", forderte Zimmermann Sie auf und erhob sich.

„Setzen Sie sich, Frau Hafenstein. Was kann ich für Sie tun?"

„Es geht um Bruno", sagte sie noch, ehe die Trauer sie überwältigte. Tränen rannen ihr über das Gesicht.

„Entschuldigen Sie", meinte Charlotte und zog ein Taschentuch aus ihrem Ärmel.

„Fünfzehn Jahre …", hauchte sie und schnäuzte kräftig. „Es kam so plötzlich … obwohl er ja nicht mehr der Jüngste war."

„Dann darf ich zuerst Ihre Daten aufnehmen", meinte Zimmermann einfühlsam, drückte einen Knopf unter dem Tisch und fuhr seinen Computer hoch.

„Die Technik", meinte er lächelnd, „auch hier!" „Passwort eingeben", murmelte er hoch konzentriert vor sich hin, „dann Entertaste drücken und … jetzt Doppelklick auf das Kreuz und … Nur einen kleinen Augenblick noch, Frau Hafenstein... So, jetzt."

Er tippte ihre Daten ein.

„An was hätten Sie denn gedacht, Frau Hafenstein? Moment, bitte!"

Zimmermann stieß sich elegant mit dem Fuß ab, rollte unter Ausnutzung des unebenen Fußbodens nach links, wo er unmittelbar vor seinem Aktenschrank zum Halten kam. Er entnahm ihm die Unterlagenmappe mit den Prospekten, beschleunigte kurz aus dem Stand und breitete die Angebote vor Charlotte aus.

„Bevorzugen Sie die Unterbringung in einem unserer Themenparks oder …" - er blätterte weiter - „sind Sie an unserem Modell Oskar interessiert?

Charlotte betrachtete das aufklappbare Bild.

„Das ist ein 1:1 Modell."

„Ich …", stotterte Charlotte und musste wieder weinen, „weil er doch die Natur so liebte. Ach, wenn Sie ihn nur hätten sehen können!"

Charlotte schluchzte bitterlich.

„Beruhigen Sie sich. Wir werden sicherlich auch für Ihren Bruno das Passende finden."

„Wie lieb Sie das sagen, Herr Zimmermann. In Stuttgart … Ihrem Themenpark. Dieses lichte Wäldchen, existiert das noch?"

„Moment", antwortete Zimmermann, entspannte kurz seine Finger und tippte sich per Tastatur durch die Themenparks in Deutschland. „So, hier haben wir Stuttgart. Jetzt der Schwenk und … hier!"

Er drehte den Bildschirm, sodass Charlotte einen Blick auf den friedlichen Hain werfen konnte, der von einem älteren Paar, das dort im Gras saß, bevölkert wurde.

„Ein überaus nettes Ehepaar", warf Zimmermann nebenbei ein, „etwas schwerhörig … äußerst ruhig … Der Platz ist wirklich empfehlenswert."

„Ja", stieß Charlotte wie befreit aus. „Ich weiß, Bruno wird diesen Platz lieben. Die Bäume … Er liebte Bäume … ach, fünfzehn Jahre lang."

„Sie haben Ihren Mann erst später kennengelernt?", erkundigte sich Zimmermann, den fertigen Vertrag ausdruckend.

„Später kennengelernt? Wie meinen Sie das?"

„Nun … äh, es geht mich ja eigentlich nichts an … nur … weil Sie immer von fünfzehn Jahren sprechen."

„"Ach so", sagte Charlotte und musste darüber sogar ein wenig lachen. „Nein, Bruno ist mein Dackel. Er soll in Zukunft nur das Beste haben."

„Wie?", entfuhr es Zimmermann, ehe er Charlotte aufklärte und unter Zuhilfenahme sämtlicher Nerven freundlich nach draußen komplimentierte.

Der Zeitsprung

Wallenstein rannte zur Tür, verhedderte sich dabei im Datenkabel des Computers, stürzte, krachte mit dem Kopf gegen die sich zufällig öffnende Tür und schlug bewusstlos auf dem Boden auf.

Vor ihm ragte der neu gebaute Friedwald - Komplex in den wolkenlosen Himmel. Wallenstein betrat die Empfangshalle und wurde von einem vor ihm aus dem Boden wachsenden Hologramm begrüßt.

„Herr Wallenstein, aufgrund einer Unpässlichkeit Ihres Kollegen Herrn Kiesewetter sind Sie heute in der Aufwachstation eingeteilt. Ihr Fahrstuhl geht in dreißig Minuten und acht Sekunden. Bitte halten Sie sich zur Verfügung."

Wallenstein, beziehungsweise der Körper, in dem er gefangen war, antwortete mit der ihm nur zu bekannten eigenen Stimme: „Sehr wohl."

Das Hologramm versenkte sich selbst im Boden. Wallenstein faltete die Hände auf dem Rücken und trat auf einen grünen Punkt inmitten der Halle.

„Guten Morgen! Ich bin Ihr persönlicher Friedwälder Bote. Mit welchen Nachrichten kann ich dienen? Kultur? Sport?"

„Kultur", antwortete Wallenstein nicht ohne Hintergedanken. Das spürte sein stiller Beobachter.

Zwei Meter von dem in Grün gehaltenen Boten entfernt wuchsen drei in schwarze Gewänder gehüllte Gestalten wie aus dem Nichts vor ihm auf.

Wallenstein wollte sich die Augen reiben, doch der Impuls blieb im Wollen stecken; stattdessen gewannen die drei Männer zusehends an Kontur.

„Friedwald - Trio stellt sein neues Longdrive vor."

„Kiesewetter, Zimmermann und ich!", schrie alles in dem Beobachter. „Und was soll dieses alberne Mützchen?"

„Die Wiedergänger!", intonierte der Bote freudestrahlend, „mit der Hitsingle ‚Ruhe sanft.' Möchten Sie eine Kostprobe?"

„Danke. Wie stehen die Verkaufszahlen?", wollte Wallenstein, sein Pendant aus der Zukunft, lediglich wissen.

„Das Album ist seit Freitag auf dem Markt und wurde bisher 684375-mal geordert."

„Gerade erreicht uns ein Leserbrief zu besagtem Longdrive. Möchten Sie, dass er überspielt wird?"

„Warum nicht?", dachte der Beobachter von Wallenstein, während dessen zukünftiges Ich nur müde die Hand hob.

„Liebes Friedland - Trio, seit ich mir die Wiedergänger nach Hause geordert habe, höre ich nur ‚Liebling, ich komme zurück zu dir'. Es drückt meine eigenen Empfindungen so unmittelbar aus …" Es folgte ein lang anhaltender Seufzer. „Ich liebe Sie für dieses Lied."

Wallenstein trat zur Seite und der Friedwälder Bote trat den Weg ins Nichts an. Neugierig geworden, versuchte der Beobachter den ihm zur Verfügung gestellten Körper in eine bestimmte Richtung zu bugsieren.

„Geh zur Videoleinwand!“, versuchte er ihm zu suggerieren.

Tatsächlich setzte sich Wallenstein in Bewegung, blieb allerdings nur wenige Schritte weiter auf einem roten Punkt stehen.

Ein flimmerndes Gebilde sauste von oben herab und blieb pendelnd vor ihm in der Luft hängen.

„Bitte führen Sie Ihre Karte ein!“

Wallenstein öffnete seinen Anzug am Ärmel, entnahm ihm eine blaue Karte und steckte sie in den blinkenden Schlitz.

„Guten Morgen, Herr Wallenstein. Wie geht es Ihnen?“

„Das wollte ich eigentlich von dir wissen“, antwortete Wallenstein nervös. „Ich fühle mich nicht besonders. Könnte es das Herz sein?“

„Ich analysiere Ihre Daten, Herr Wallenstein. Nein.“

„Was nein?“, antworteten die Wallensteins wie aus einem Mund.

„Ihr Herz ist in Ordnung. Das Modell Heureka 2546, welches Ihnen letzten Monat, am 23., um genau zu sein, eingesetzt wurde, erfüllt seine Aufgabe zufriedenstellend.“

„Nur zufriedenstellend“, dachte Wallenstein. „Kein Wunder, dass ich mich so unwohl …“

„Oh, wie ich sehe, verfügen Sie noch über zahlreiche Originalteile. Mein Glückwunsch, Herr Wallenstein! Kann ich Ihnen sonst behilflich sein?“, erkundigte sich das Terminal höflich.

„Nein. Warte! Nein.“ Er winkte ab und trat beiseite.

„Originalteile“, dachte der Beobachter und griff sich gedanklich an verschiedene Körperteile.

„Ihr Fahrstuhl geht in fünf Minuten", verkündete die Halle in beruhigendem Ton. „Wenn Sie sich bitte an Tor 28 einfinden würden?"

Vor ihm öffnete sich lautlos ein Teil der Wand. Zimmermann trat ihm entgegen und begrüßte ihn überschwänglich.

„Friede unseren Lieben, Wallenstein!", brüllte er quer durch die Halle und klopfte seinem Sangesbruder kräftig auf die Schulter.

„Friede unseren Lieben", hüstelte Wallenstein und wollte sich an Zimmermann vorbeizwängen.

„Was sagst du zu unserem Erfolg? Mit Kiesewetter als Sänger, das wusste ich, würden wir den Durchbruch schaffen. Mann! Du übernimmst seine Schicht, habe ich gehört." Er lachte. „Materialausgabe. Natürlich wieder der beste Job. Nur dankbare und glückliche Gesichter. Heute Abend ist Probe … Du bist doch pünktlich?"

„Ja", antwortete Wallenstein gedehnt und betrat den Fahrstuhl.

Die Tür schloss sich und der Raum sackte schwerelos nach unten.

„Wiederkäuer", sollte sie heißen", murmelte Wallenstein und kämpfte tapfer gegen sein Frühstück.

Wallenstein nahm seinen Platz ein. Hinter ihm befand sich der Neubau des Hochregals. Es reichte dreißig Stockwerke in die Tiefe, war voll klimatisiert und verfügte in dem Bereich, der als Aufwachraum bezeichnet wurde, über dreißig kleine Räume, in denen die Kunden auf ihre Bestellungen warteten.

Eine ältere Frau näherte sich festen Schrittes. Sie schwenkte mit strahlendem Gesicht ihren Positivbescheid.

„Guten Tag. Hier!", sagte sie in militärischem Ton und knallte das Dokument auf das frei in der Luft schwebende Pult.

„Friede unseren Lieben", antwortete Wallenstein pflichtgetreu und besah sich das Dokument. Er tippte die Nummer ein, betrachtete den Bildschirm, der innerhalb eines Lidschlags die Daten bereitstellte.

„Frau Hutkottel", flüsterte Wallenstein und verglich die Daten, während sein Beobachter Hilfe suchend nach seinem Notfallhandbuch suchte.

„Ludwig Rotfuß, seit 2004 in unseren Diensten", las er. „Arbeitete zunächst im Themenpark Ludwigshafen als Teil des Standbildes zur Geburtstagsfeier Wilhelms II. Wurde 2154 im Zuge der Rückführung erneut versetzt und seither 78-mal reanimiert.

Wie ich sehe, Frau Hutkottel, ist es bereits Ihre dritte Anforderung."

„Er ist ein wahrer Künstler. Niemand streicht die Wände so wie er. Ach, wenn Sie seinen Pinselstrich sehen könnten", schwärmte Frau Hutkottel und wurde trotz ihrer militärischen Erziehung ein wenig rot.

„Bei Ihrer letzten Anforderung wurde unser Mitarbeiter, Herr Rotfuß, beschädigt. Wie ich sehe, mussten wir seinen rechten Arm komplett erneuern."

„Er ist von der Leiter gestürzt, fiel dabei unglücklich auf das Fenstersims, und weil doch wegen der Renovierung die Hausanlage auf „Stufe fünf" eingestellt war, wurden sofort die Gitter herunter gelassen. Ludwig – nun ja, in seinem Alter – er reagierte

76

schnell … leider nicht schnell genug. Die Versicherung beglich anstandslos den Arbeitsunfall."

„Ich muss Sie leider darauf hinweisen, dass eine erneute Beeinträchtigung der Arbeitskraft von Herrn Ludwig Rotfuß eine mehrjährige Sperre Ihres Kontos bei uns nachziehen würde", belehrte er Frau Hutkottel.

„Ich pass schon auf. Das Zimmer hat im hinteren Bereich keine Fenster. Dieser Pinselstrich …"

„Aufwachraum 26", sagte Wallenstein und drückte die Ok-Taste. Wenig später wurde der Behälter mit Ludwig Rotfuß von der Fachkraft in den Aufwachraum 26 geschoben.

„Danke! Bis zum nächsten Mal." Frau Hutkottel winkte und folgte ihrem Künstler.

„Wachen Sie auf, Herr Wallenstein", rief Zimmermann besorgt und schlug ihm leicht auf die Wangen.

„Es … es geht schon", stieß Wallenstein benommen aus und erhob sich mit Zimmermanns Hilfe.

„Geht es wieder?"

„Ja … Sie erwecken alle … Eine Methode … unbegreiflich …", murmelte Wallenstein verstört.

Zimmermann führte Wallenstein zu seinem Stuhl.

„Ich wollte Ihnen nur die Akte Frohsinn bringen. Hier!" Er legte den Ordner vor seinem Kollegen auf den Tisch und verließ fluchtartig das Büro.

„Wo bin ich?", murmelte Wallenstein und griff sich irritiert an die Stirn.

Fridolin Wächter

Fridolin Wächter sah sich in der Agentur Friedwald um.

„Was für helle Räume Sie hier haben!", meinte er, während die Empfangsdame in ihrem Kalender blätterte.

„Wissen Sie, Fräulein, vor dem Krieg, da wohnten wir in Dithmarschen. Dort hatten wir auch so herrliche lichtdurchflutete Räume. Ja, ja", schwelgte Fridolin seufzend in seinen Erinnerungen.

„So, hier haben wir Sie, Herr Wächter. 15.00 Uhr, bei Herrn Wallenstein. Sie sind gut eine Stunde zu früh. Wenn Sie vielleicht noch etwas zu erledigen haben …"

„Nein, danke. Ich warte gern. In meinem Alter benötigt man nicht mehr so viele Dinge. Außerdem …" Er brach ab, nickte, dankbar lächelnd mit dem Kopf und entfernte sich gemessenen Schrittes vom Empfang.

„Toll!", murmelte Fridolin anerkennend, als vor ihm die riesige Leinwand aufleuchtete.

„Noch fünfundzwanzig Tage bis zur Eröffnung unseres modernen Verkaufsraumes", erklärte ihm der Sprecher und deutete mit der Hand auf ihn.

„Sie sind umgezogen und dürfen Ihr Haustier in der neuen Wohnung nicht halten? Ihr treuer Freund benimmt sich in der letzten Zeit etwas seltsam und Sie benötigen einen fachlichen Rat?

Dann kommen Sie zu uns!

Ihr Hansi ist aus unerklärlichen Gründen verstummt? Sie vermissen seinen lieblichen Gesang? Dann empfehlen wir Ihnen unser Model Wasserhahn mit integriertem Lautsprecher. Jedes Mal, wenn Sie den Wasserhahn aufdrehen, ertönt Hansis liebliche Melodie."

Im Hintergrund sah Fridolin ein weißes Waschbecken, auf dem ein grüner Wellensittich Wasser spie und dabei fröhlich vor sich hin trällerte."

„Toll!", flüsterte er andächtig und schüttelte erstaunt den Kopf.

„Waldi, Ihr treuer Begleiter seit vierzehn Jahren, ist müde geworden. Sein Zustand dauert Sie und trotzdem können Sie zu keiner Entscheidung finden?

Dann kommen auch Sie zu uns!

Das Waschbecken verblasste und an seiner Stelle erschien ein Foxterrier. Eine weibliche Hand drückte ihm liebevoll die Nase, worauf der örtliche Radiosender sein Nachmittagsprogramm ankündigte.

„Auch mit integriertem CD-Wechsler verfügbar."

Der Hund wurde ausgeblendet und Fridolin durfte einen Blick in den angrenzenden Neubau werfen. Der Verkaufsraum glich eher einem Zoo. Unwillkürlich fiel sein Augenmerk auf die Kuh links von dem Sprecher.

„Toll! Vermutlich ein Kühlschrank. Glas unterstellen und melken. Toll. Wahrscheinlich ist auch Softeis oder Sahne erhältlich."

„Die Kuh", erklärte der nette Herr gerade, „ist für unseren Themenpark in Neuhausen, wo wir in Kürze für Stadtkinder einen Bauernhof eröffnen.

Kommen Sie! Staunen Sie!"

„Toll!", entfuhr es Fridolin ungewollt laut.

Etwas müde von der ungewohnten Anstrengung, setzte er sich und betrachtete neugierig die auf ihn zueilende Bedienung.

„Guten Tag. Möchten Sie eine Tasse Kaffee oder lieber einen Tee?", flötete sie und grinste dabei wie eine Synchronschwimmerin.

„Einen Tee. Sehr freundlich!", antwortete Fridolin und rief der Servicekraft ein aufmunterndes „Toll" nach.

Wenig später raste sie, durch sein höfliches Wesen aufgeputscht, auf ihn zu und stoppte rasant unmittelbar vor der Sitzgruppe, während der Tee wie ein Geschoss an Fridolins Kopf vorbei flog und hinter ihm gegen die Scheibe krachte.

„Toll!", rief Fridolin begeistert und klatschte übermütig in die Hände.

„Entschuldigen Sie!", rief die Dame vom Empfang und eilte auf Fridolin zu.

„Wurden Sie getroffen?"

Fridolin verneinte und versuchte ein angstfreies Lächeln.

„In die Küche!", befahl die Empfangsdame und bugsierte die über den bedauerlichen Zwischenfall untröstliche Servicekraft in den kleinen Raum neben der Leinwand.

„Einen wunderschönen guten Tag, Herr Wächter", begrüßte Wallenstein den älteren Herrn und half ihm auf.

„Toll … ich meine, es freut mich Sie kennenzulernen, Herr Wallenstein – wenn ich mich richtig entsinne. Sind Sie zufällig ein Nachfahre …?"

„Nein, leider nicht. In meinen Adern fließt ganz gewöhnliches Blut. Ich darf vorangehen."

„Wächter", buchstabierte Wallenstein und tippte den Namen in den Computer.

„Sie kommen wegen Ihrer Frau, Herr Wächter? Tja, wie Frauen so sind – nicht wahr? Plötzlich wollen Sie eine Reise buchen und wir können uns dann um die Formalitäten kümmern", versuchte Wallenstein wie nebenbei eine verkaufsfördernde Atmosphäre zu schaffen.

„Eigentlich, Herr Wallenstein, bin ich in eigener Sache unterwegs", erwiderte Fridolin zögerlich und senkte den Blick, als habe er das Gefühl, gegen irgendeine Vorschrift der Agentur Friedwald verstoßen zu haben.

„Sie wollen sich erkundigen, Herr Wächter. Völlig legitim. Ich würde in dieser bedeutsamen Angelegenheit auch nur meinen eigenen Augen vertrauen. Wie kann ich Ihnen helfen?"

„Wissen Sie, seit dem Tod …"

„Bitte, Herr Wächter! Ihre Frau hat meinetwegen eine kleine Reise angetreten … aber dieses andere Wort … Sie verstehen?"

„Oh! Reise – natürlich. Äh, wohin bitte?"

Walleinstein geriet allmählich ins Schwitzen."

„Diese Frage kann ich Ihnen … Doch kommen wir zu Ihnen, Herr Wächter. Welcher Art sind Ihre Wünsche?"

„Wie gesagt, seit meine Frau zu ihrer Reise aufgebrochen ist, lebe ich in einem Altenheim. Vermutlich sind Ihnen die Zustände in diesen Einrichtungen bekannt. Diese Einsamkeit", sinnierte Fridolin in Gedanken versunken, „und jeden Tag derselbe Trott. Pension Glückauf …"

„Sehr schön, Herr Wächter! Was die Pension Glückauf betrifft", versuchte Wallenstein dem Gespräch eine andere Richtung zu geben, wobei er unwillkürlich nach oben sah, „so kann ich mir darüber kein Urteil erlauben."

Behutsam öffnete Wallenstein eine Schublade und entnahm ihr das neueste Prospektmaterial.

„Das wäre vielleicht etwas für Sie. Unsere Akademie für Pensionäre. Hier!"

Wallenstein breitete den Hochglanzprospekt vor Fridolin aus und deutete unmissverständlich auf eine Gruppe zufrieden wirkender Senioren.

„Toll! Wissen Sie, Herr Wallenstein, im Grunde ist es nicht so sehr von Bedeutung, welche Funktion ich in Ihrem Themenpark begleite", rekapitulierte er die seit Tagen ausgefeilten Sätze: „Nur …", an dieser Stelle entstand ungewollt eine längere Pause, die Wallenstein nichts Gutes ahnen ließ.

„Könnte ich nicht sofort … ich meine, jetzt? Ich habe alle notwendigen Papiere dabei", stieß Fridolin sichtlich erregt hervor und starrte sein Gegenüber erwartungsvoll an.

„Sie wollen sofort …", stotterte Wallenstein und sackte merklich in sich zusammen.

„Aber – einen Moment bitte."

Wallenstein zog die unterste Schublade bis zum Anschlag heraus und wuchtete das Notfallbuch auf den Schreibtisch.

„Für besondere Fälle", erklärte er Herrn Wächter mit geröteten Wangen und schlug das Inhaltsverzeichnis auf.

„Nichts! Natürlich. Wozu das Ding überhaupt erstellt wurde!", schimpfte er und schlug es verärgert zu.

„Gibt es irgendwelche Probleme?", wollte Fridolin wissen.

„Ob es Probleme gibt? Nun, wie soll ich mich ausdrücken ... Ich kann verstehen, Herr Wächter, dass Sie sich in Glückauf nicht wohlfühlen und eine Veränderung anstreben, aber ..."

Wallenstein versagte die Stimme. Sein Gehirn fieberte und suchte verzweifelt nach der passenden Erklärung.

„Sind etwa sämtliche Plätze in Ihrer Seniorengruppe belegt? Aber nein!", beantwortete Fridolin seine schlimmste Befürchtung selbst: „Dann hätten Sie mir das Angebot ja nicht unterbreitet. Wo drückt dann der Schuh", versuchte nun Fridolin seinerseits das Gespräch aufzulockern.

„Sie ... wie soll ich sagen, nun, Herr Wächter ..."

Wallenstein zog ein Tempo aus der Schublade und wischte sich das Gesicht trocken.

„Der Thermostat muss defekt sein", bemerkte er nebenbei und fuhr fort: „Sie haben sich für eine Veränderung entschieden ... allerdings zu früh, Herr Wächter. In Ihrem Alter. Das halbe Leben liegt noch vor Ihnen. Wenn die Pension Glückauf Sie nicht anspricht, weshalb nicht ein Umzug in eine andere Einrichtung dieser Art?"

Fridolin schüttelte den Kopf.

„Seit der plötzlichen Reise meiner Frau ... Ich bin müde geworden und sehne mich nach etwas mehr Ruhe, wenn ich es so ausdrücken darf. Sie können mich also nicht sofort aufnehmen?"

„Leider ..."

Wallenstein wand sich auf seinem Stuhl wie ein in Abwehrhaltung befindliches Reptil, das, jeder Fluchtmöglichkeit beraubt, langsam zum Äußersten getrieben wurde.

„Aber ich habe sämtliche Brücken hinter mir abgebrochen", drängte Fridolin beharrlich weiter.

„Es geht nicht, Herr Wächter!", würgte Wallenstein wie unter Schmerzen hervor.

„Sie … Sie …"

Das Wort drängte in sein Bewusstsein und verschlimmerte damit seinen Zustand zusätzlich.

„Sie … lieber Herr Wächter … Wenn Sie vielleicht eine Nacht über Ihren Entschluss schlafen würden. Morgen sieht die Welt mit Sicherheit wesentlich freundlicher aus."

„Mein Entschluss steht!", erwiderte Fridolin, unbeirrt der Qualen seines Beraters.

„Aber … Sie … Ihr Wunsch ist natürlich unser Auftrag, den wir zur entsprechenden Zeit sehr gerne für Sie ausführen … nur … im Augenblick. Die Veränderung, der Mut, sein Leben in fortgeschrittenem Alter neu zu ordnen, ist bei Ihnen nicht fortgeschritten genug."

„Sie meinen, ich …"

Genau!", schrie Wallenstein und sprang überglücklich auf, um das Gespräch möglichst schnell zu beenden.

„Ich kann nicht bleiben?", fragte Fridolin sichtlich enttäuscht.

„Zu meinem größten Bedauern. Wir erfüllen nahezu jeden Wunsch, doch in Ihrem Fall sind uns die Hände gebunden."

„Das habe ich befürchtet", meinte Fridolin tonlos und erhob sich mühsam. Er schien um Jahre gealtert.

„Nur weiter so, Herr Wächter. Dann dürfen wir Sie in Kürze erneut hier in einer unserer Hallen begrüßen."

Wallenstein schob Fridolin Wächter sanft zur Tür, drückte ihm zum Abschied bedauernd die Hand und verriegelte hinter ihm die Tür.

„Dem Himmel sei Dank, dass dieser bittere Kelch an mir vorübergegangen ist!", hauchte er kraftlos und tupfte sich die restlichen Schweißperlen von der Stirn.

Das Friedwald Trio

Der Juniorchef Rudolf Friedwald betrat in Begleitung seines Vaters das Büro von Herrn Kiesewetter, der, eingerahmt zwischen Zimmermann und Wallenstein, dem Senior freundlich zulächelte.

„Guten Tag, meine Herren", begrüßte Rudolf die Anwesenden, „Wir haben uns hier zusammengedrängt …" Er stutzte irritiert, rieb sich dabei das linke Auge, welches ob der ungewohnten Anstrengung unkontrolliert zuckte und fuhr dann in schleppendem Ton fort: „Wir haben uns hier zusammengefunden, um – wie soll ich mich ausdrücken? – den Aktionstag im Themenpark Chiemsee, der meinem Vater übrigens sehr am Herzen liegt, vor einer drohenden Katastrophe zu bewahren."

Friedwald Senior nickte betrübt.

„Wie können wir Ihnen helfen?", wollte Kiesewetter wissen und sog so tief die Luft ein, dass er mit einem Plopp aus der Reihe katapultiert wurde.

„Das Dachstein Duo musste seinen Auftritt absagen", erklärte Rudolf und drückte Kiesewetter in die Formation zurück, ehe er seinen Vater gefährden konnte.

„Der Absturz Jodler!", entfuhr es Wallenstein ungewollt laut.

„Frei wie die Vögel", intonierte der Senior plötzlich und stampfte im Takt einer imaginären Melodie auf den Boden.

„Ja, Vater."

„Jhödrriööh!", presste er noch schnell hervor und versank dann wieder in dumpfes Brüten.

„Wir haben die Personalakten unserer Mitarbeiter durchgesehen und … Sie wurden auserwählt."

„Auserwählt?", wiederholte Zimmermann argwöhnisch.

„Ja! Jeder von Ihnen beherrscht ein Instrument oder kam zumindest im Verlauf seines Lebens in Kontakt mit einem."

Er versuchte sich in dem wenig geräumigen Büro zu bücken, kam allerdings nicht über einen Winkel von wenigen Grad hinaus und musste so mit dem Fuß die Tasche an der Wand hochjonglieren, bis er sie mit der Hand zu fassen bekam. Umständlich entnahm er ihr drei Schnellhefter.

„Sie, Herr Zimmermann, haben unter der Rubrik Fertigkeiten angegeben, dass Sie über Kenntnisse am Piano verfügen."

„Ich?", rief Zimmermann fragend und entschuldigend in gleichem Maße, während in seinem Kopf Kindheitserinnerungen an die Oberfläche wirbelten.

„Du übst jetzt!", schrie die Mutter und verfolgte ihn mit dem Teppichklopfer. Drei Meter vor ihr umrundete Klein-Zimmermann zum fünften Mal den Flügel, sein Objekt des Hasses, das nur dazu taugte, ihm den Tag zu verderben.

Rudolf klopfte an die Tür, die sich daraufhin einen Spaltbreit öffnete und eine zierliche Hand, die der freundlichen Empfangsdame, reichte eine um den Hals zu tragende Hammondorgel herein.

„Hier, Herr Zimmermann. Wenn Sie uns vielleicht eine Kostprobe Ihres Könnens geben könnten."

Rudolf nickte ihm aufmunternd zu.

Zimmermann betrachtete das Musikinstrument, als hielte er eine Viole mit dem tödlichsten Virus der Menschheitsgeschichte in Händen. Behutsam drückte er einer der Tasten, lauschte mit gequältem Gesichtsausdruck dem piepsigen Ton und stöhnte auf.

„Nicht schlecht", jauchzte der Senior und klatschte begeistert in die Hände. „Wir stürzen hinab, Johödrööh …"

„Ja, Vater."

„Gut! Für den Anfang … Sie werden schon noch mit dem Instrument warm werden. Nun zu Ihnen, Herr Wallenstein", beschleunigte er in Anbetracht der unterkühlten Stimmung seine Worte. „Für Sie haben wir eine Gitarre gefunden, weil Sie doch Saitenwürste so gerne essen. Haha, Sie verstehen."

Wallenstein nickte versteinert und nahm nach erneutem Klopfen an der Bürotür sein Schicksal in die Hand. Liebevoll streichelte er über das polierte Holz und plötzlich erinnerte er sich an den Tag seiner Abschlussfeier. Der Luftgitarrenwettbewerb. Die Vergangenheit ergriff Besitz von ihm.

Wallensteins Hände flogen nur so über die Saiten. Der Raum bebte. Sein Kopf flog im Rhythmus auf und ab.

„Johödriöhh!", schrie Friedwald Senior und stampfte den Takt mit, bis er geschwächt in die Knie sank und zwischen seinem Sohn und der Wand kraftlos hängen blieb.

„Headbanging", klärte Kiesewetter seinen Juniorchef unaufgefordert auf, der mit irrem Blick Wallensteins musischen Ausbruch beobachtete.

„Sehr schön …", stotterte er etwas kurzatmig, als Wallenstein geendet hatte, und wandte sich an Kiesewetter.

„Sagen Sie nichts, Chef. Einfach klopfen. Ich bin flexibel; das heißt: Ich stelle mich jeder Herausforderung."

„Das ist für mich Einsatzwillen! Ich wusste, dass ich mich auf Sie verlassen kann", kreischte Rudolf erfreut und hämmerte glücklich wie seit Wallensteins Solo nicht mehr gegen die Tür, welche jetzt weiter als zuvor geöffnet wurde.

Die nette Empfangsdame schob mit Gewalt eine Drehorgel in den überfüllten Raum.

„Oh!", entfuhr es Kiesewetter ungewollt, als er sein Erbauungsgerät in Empfang nahm. Sofort packte er die Kurbel und drehte sie mit Wucht im Uhrzeigersinn, als gelte es, einen Traktor aus dem vorigen Jahrhundert in Gang zu setzen.

Sofort fiel Wallenstein improvisierend ein und selbst Zimmermann entlockte seinem tragbaren Klavier einige nicht zu schräg klingende Töne.

Die Gesamtkonzeption erinnerte Musikspezialisten sofort an die Weiterentwicklung der Zwölftonmusik, ohne dass sie hätten genau angeben können, um welche Tonart es sich endgültig handelte.

„Wir stürzen hinab", grölte der Senior begeistert und mit leuchtenden Augen.

„Ja, Vater. Wie Sie wissen, findet der Aktionstag bereits in vierzehn Tagen statt, deshalb gewähren wir ihnen täglich eine Stunde, um die Songs, wie man heutzutage sagt, einzustudieren."

Rudolf nickte seinen Mitarbeitern zu und verließ mit seinem Vater im Arm Kiesewetters Büro.

„Johöldriöhh!", hörten sie den Senior gemeinsam

von draußen rufen, ehe die Tür ins Schloss fiel und drei unterschiedlich motivierte Mitarbeiter der Agentur Friedwald von der Außenwelt abschottete, damit die Kunst in ihnen zur Entfaltung kommen konnte.

„Das Friedwald-Trio", flüsterte Wallenstein. Plötzlich fand er sich inmitten seiner und der Agentur Zukunft wieder, der er erst kürzlich so plastisch ausgeliefert gewesen war.

„Wie heißt es?", fragte er sich selbst: „Die Zukunft ist heute!"

Zwei Wochen später im Themenpark Chiemsee.

Am Ufer des künstlichen Sees legten Mitarbeiter letzte Hand an die Bühne. Kiesewetters Drehorgel wurde hereingeschoben und einem Soundcheck unterzogen. Im Hintergrund zupfte eine ältere Frau andächtig an Wallensteins Gitarre und hüstelte ein Lalala in das Mikrofon.

Nur der junge Mann an der Hammondorgel testete das Instrument in professioneller Weise und entlockte ihm mühelos sechs, sieben Töne in hörbarer Reihenfolge. Zufrieden legte er es ab und verließ mit stolz geschwellter Brust die Bühne.

An den Tischen saßen zahlreiche Besucher mit ihren lieben Angehörigen bei Kaffee und Kuchen und warteten gespannt auf den Auftritt des Friedwald-Trios.

Begleitet von seiner Familie, näherte sich Rudolf Friedwald der Bühne, neben ihm sein Vater, der einen etwas verwirrten Eindruck verbreitete und sich krampfhaft am Arm seiner Frau festklammerte. Sie nahmen in der ersten Reihe Platz, und während der Senior neben einem seiner Lebenswerke zu sitzen kam, erklomm Rudolf ungelenk die Bühne.

„Schon als Kind liebte ich Volksmusik", erzählte der Senior der netten Dame, die so unvergleichlich lächeln konnte. „Und wissen Sie, wozu es mein Herz in diesen jungen Jahren noch hinzog?"

„Herrliches Wetter heute, nicht wahr?", antwortete die reizende Dame gemäß den Wünschen ihrer Hinterbliebenen und drohte mit einer nicht anders als lieblich zu bezeichnenden Geste, mit der Gabel ihrem Kuchen.

„Ich habe alles, was mir lieb und teuer war in Harz gegossen."

„Sehr freundlich! Danke", meinte das Modell Sonntagsausflug und nickte bewundernd.

„So fing es an", seufzte der Senior und schwelgte weiterhin in Erinnerungen. „Die alte Garage …"

„Meine Damen und Herren, ich habe heute das Vergnügen, zu unserem Aktionstag, der unter dem Motto „Sommertag" steht und der Einweihung unseres neuen Bereichs „Uferpromenade" gewidmet ist, Ihnen, verehrte Freunde und Förderer der Agentur Friedwald, das Friedwald-Trio anzukündigen. Ich wünsche Ihnen und Ihren lieben Angehörigen viel Vergnügen mit dem Friedwald-Trio!"

Bei den letzten Worten steigerte sich seine Stimme enthusiastisch.

„Johödriöhh!", rief Friedwald Senior seiner Frau ins Ohr und klopfte mit dem Löffel lautstark auf seine Tasse.

Kiesewetter im schwarzen Anzug betrat gemäßigten Schrittes die Bühne, näherte sich der Orgel, während aus den Lautsprechern das Intro die Gäste zum Erbeben brachte. Er nickte freundlich den

Massen zu, griff nach der Kurbel und fiel in das Dröhnen der Lautsprecher ein.

Wenige Takte später schlich Zimmermann aus dem Dunkel ins Rampenlicht, hängte sich die Hammondorgel um und griff beherzt in die Tasten. Das Duo wartete auf den Auftritt ihres Stars, der bewusst wartete, bis die Meute in Ekstase geriet.

„Johödriööh!", brüllte der Senior und gab damit das Zeichen.

Wallenstein stürzte mit erhobenen Armen auf die Bühne und präsentierte sich der sprachlosen Menge. Nur Sekunden später applaudierten ein paar Mutige, während ihre lieben Angehörigen eher abwartend reagierten.

Kaum hatte Wallenstein sich die Gitarre umgehängt, erfuhr sein Wesen eine vollständige Wandlung. Aus dem unsicheren Mitarbeiter wurde ein brodelnder Vulkan, der bereit war, seine Zuhörer in Brand zu stecken.

„Das nennt man Headbanging", klärte Rudolf nun seinerseits seine überraschten Familienmitglieder auf, während ihr Mitarbeiter auf der ächzenden Bühne seine Show abzog. R

„Zauberwort und Blutsegen", kreischte Wallenstein mit tiefer, nach Jenseits gierender Stimme und stampfte rhythmisch mit dem rechten Fuß auf die Bühne, wobei Kiesewetter, um nicht ins Hintertreffen zu gelangen, Schwerstarbeit an seiner Orgel verrichtete.

„Ich bespreche Dich alleine … Yeah! Schwäre nicht wie diese Steine!"

„Warze versinke – Überbein verschwinde!", sang

das Friedwald-Trio in ungewohnt harmonischer Weise den Refrain: „Den bösen Blick binde …"

„Finde, finde, finde!", dröhnte Kiesewetter allein, ehe sie gemeinsam das erste Lied mit einem furiosen Finale beendeten.

Die Wogen unter den Gästen schlugen hoch. Friedwald Senior war kaum zu bändigen. Nur mit Mühe konnte ihn seine Frau daran hindern, dass er auf die Bühne stürmte.

„Bis in Ewigkeit!", kündigte Wallenstein den nächsten Titel an.

Kiesewetter warf seine Orgel an, und zu sanfteren Klängen säuselten die zum Friedwald-Trio umgewandelten Mitarbeiter von einer Ewigkeit, die präsent sei und jede Pore unserer Lieben durchdringe.

„Das Leben, ein Lichtstrahl, der die Zeit vergessen lässt. Oh, Ewigkeit, du schöne! Hienieden verblassest du niemals und offenbarst uns deine Schönheit   …"
„In Friedwalds Themenparks", dachte Rudolf und erfreute sich wie die zahlreichen Besucher an dem Auftritt des Friedwald-Trios.

Verschwitzt, nach mehreren Zugaben verließ das Friedwald-Trio erschöpft und glücklich zugleich die Bühne, und jeder der Anwesenden wusste im Grunde seines Herzens, dass dieser Formation die Zukunft gehörte.

Heile Welt

Justus Liebig stützte sich schwer auf seinen Regenschirm und hüstelte leise. Die Dame am Empfang hob den Kopf und meinte lächelnd: „Oh! Ich habe Sie überhaupt nicht hereinkommen hören."

Liebig räusperte sich.

„Aber das macht überhaupt nichts. Ich habe einen Termin."

„Moment. Ja, bei Herrn Zimmermann. Wenn Sie sich ein paar Minuten gedulden würden, Herr Liebig?"

Danke", erwiderte Liebig unsicher, hustete vernehmlich und trat etwas verloren auf der Stelle.

„Sie können sich ruhig setzen."

„Danke, bitte, ja, sehr gern."

Liebig nahm den Hut ab, strich sich die verschwitzten Haare aus der Stirn und ging sichtlich nervös zu der Videoleinwand hinüber.

„Guten Tag", sagte Opa Lochner mit seiner jenseitigen Stimme und lüftete seine Mütze: „Wir freuen uns über Ihren Besuch."

„Danke", meinte Liebig verunsichert und musterte den älteren Herrn von oben bis unten.

„Unser Opa Lochner ist aufgrund unseres Firmenjubiläums hier gewesen, Herr Liebig. Einfach ignorieren", klärte ihn die freundliche Stimme der Empfangsdame auf.

„Komm auch du zu uns!" Das überdimensionale Gesicht blickte besorgt auf Liebig herab und deutete mit der Hand direkt auf seine Person.

„Ich?", stotterte Liebig und schwand dahin, obwohl das bei seiner Statur kaum möglich erschien.

„Entscheide dich!", donnerte es auf ihn herab und Liebig, im Angesicht des Jüngsten Gerichtes, erbleichte und trat behutsam den Rückzug an.

„Sichere dir jetzt den Frühbucherrabatt!", schmetterte Gott ihm hinterher.

Zitternd stolperte Liebig in Richtung der Sitzgruppe und wäre dabei beinahe mit zwei Arbeitern zusammengestoßen, die bei einer Kollegin die Kleidung in Ordnung brachten.

„Entschuldigen Sie, Herr …?"

„Liebig. Justus Liebig", antwortete Liebig und hob den Hut.

„Guten Tag!", rief daraufhin Opa Lochner, „Wir freuen uns über Ihren Besuch."

Herr Liebig, könnten Sie freundlicherweise dort drüben Platz nehmen? Wir wollen unsere neue Mitarbeiterin testen."

„Wenn ich behilflich sein kann – sehr gern. Dort drüben sagten Sie?", plapperte Liebig aufgeregt und deutete mit dem Schirm in Richtung der Sitzgruppe."

„Ja."

Liebig entfernte sich eiligst, während die beiden Mitarbeiter ihre Kollegin auf die magnetische Leitspur schoben.

„Gut. Du kannst einschalten."

Die neue Mitarbeiterin eilte wie von unsichtbaren Fäden gezogen auf Liebig zu, der, kaum dass er Platz genommen hatte, mit der schwierigen Frage konfrontiert wurde, ob er lieber Kaffee oder Tee möchte.

Ganz langsam nahm er den Hut ab, schielte an der Bedienung vorbei, in der Hoffnung von den Mitarbeitern Hilfe zu bekommen.

„Guten Tag! Wir freuen uns über Ihren Besuch."

„Kaffee?"

„Kommt sofort", lispelte die Servicekraft, drehte sich schwungvoll auf der Stelle und raste davon.

„Danke, Herr Liebig!", rief der Ältere der beiden und stürzte der netten Dame hinterher.

„Oh, Gott! Worauf habe ich mich hier nur eingelassen?", fragte sich Liebig und tupfte sich mit dem Taschentuch die Stirn ab.

Ohne es zu bemerken, nahm er sich einen der Prospekte.

„Fühlen Sie sich allein? Ihre Angehörigen wohnen in einer anderen Stadt? Dann haben wir die Lösung Ihres Problems. Werden Sie Pate! Einfach den Coupon ausfüllen und einer unserer freundlichen Mitarbeiter wird Sie in Kürze kontaktieren."

„Herr Liebig!", rief Zimmermann und streckte Liebig beide Hände entgegen.

„Entschuldigen Sie, dass Sie etwas warten mussten."

„Nein. Ich meine, es handelte sich lediglich um ein paar Minuten."

„Schön. Dann darf ich Sie in mein Büro bitten."

„Danke."

Zimmermann schloss die Tür, umrundete den Schreibtisch und setzte sich. Mit einer kaum wahrnehmbaren Bewegung stupste er die Maus des Computers an und blinzelte kurz, als erwidere er das Aufflackern des Bildschirms.

„Da haben wir Sie ja, Herr Liebig. Wie ich sehe, hat Ihre Frau vor vier Tagen den Wunsch geäußert, sich ein wenig Erholung zu gönnen. Ja, der Alltagstrott! Wo, wenn ich fragen darf, hält sich Ihre Frau momentan auf? Doch nicht etwa …"

Zimmermann ließ den Satz bewusst unvollendet.

„Kühl …"

„Schön, Herr Liebig. Genau die richtige Entscheidung bei diesen sommerlichen Temperaturen. Könnte ich ein Bild von ihr haben?"

Liebig entnahm eine Fotografie seiner Brieftasche und reichte sie Zimmermann, dessen Blick daraufhin seltsam starr wurde.

„Die Liesl …"

Donnergrollen erfüllte die Luft. Der Himmel dunkel wie die unendlichen Weiten des Alls, rüstete sich zum Kampf. Zimmermann eilte Richtung Hütte. Er hob den Kopf. Vor ihm ragte, groß und mächtig – schicksalsträchtig – der Mount Liesl auf.

„Die Liesl", wiederholte Liebig lauter, „war …"

Liebig stockte. Tränen rannen ihm über das Gesicht.

„Entschuldigen Sie … Aber es kam so überraschend."

Liebig tupfte sich das Gesicht trocken.

„Deshalb … ich meine, mit welchen Kosten …"

„Sie wollen Ihrer Frau diesen Wunsch doch nicht verweigern, Herr Liebig? antwortete Zimmermann ein wenig verärgert und tippte mehrmals auf die Entertaste, bis er die gewünschte Seite aufgerufen hatte.

„Nein! Natürlich nicht. Nur … meine Mittel, sind nicht unerschöpflich und so ein T …"

„Reise ins Ungewisse", verbesserte Zimmermann sein Gegenüber mit säuerlicher Miene und holte tief Luft.

„Ich habe hier genau das Richtige für Sie, Herr Liebig. In Karlsruhe, das ist bei Ihnen ja gleich um die Ecke, planen wir im dortigen Themenpark einen Erlebnispark einzurichten."

„Einen Erlebnispark?", fragte Liebig irritiert und spielte mit seinem Schirm.

„Genau!", rief Zimmermann und fuhr die verkaufstechnischen Großgeschütze auf, um Liebig unterschriftsreif zu schießen.

„Nicht irgendein Erlebnispark, Herr Liebig. Wir schaffen in unserem dortigen Themenpark eine friedliche Idylle, eine Oase der Erholung inmitten des hektischen Treibens – eine heile Welt.

Schließen Sie die Augen, Herr Liebig! Stellen Sie sich einen ruhigen Park vor. Bäume, Sonnenschein und überall glückliche Menschen. Dazwischen, der Landschaft angepasst, die Attraktionen unseres Erlebnisparks. Losbuden, Karussell, Buden mit Zuckerwatte … Was das Herz begehrt. Sie wandeln mit Ihrer Frau zwischen den anderen Besuchern dahin, lassen sich treiben, genießen einfach das Leben."

„Ja", seufzte Liebig erwartungsvoll.

„Außerdem kommen Sie bei einer positiven Entscheidung in den Genuss unseres Aktionspreises."

„Aktionspreis?"

„Wir nehmen Ihre Alte in Zahlung", sagte Zimmermann mit überaus ernster Stimme.

„Wie?

„Ein kleiner Scherz, Herr Liebig. Wenn Sie sich heute noch entscheiden, dann übernehmen wir die Reisekosten und den Aufenthalt für ein Jahr. Sozusagen all-inclusive."

„Sie meinen …“, unterbrach Liebig Herrn Zimmermann fragend, „Es entstehen im ersten Jahr keine Kosten?“

„Nein! Die Unterbringung und Versorgung Ihrer Frau braucht Sie erst im kommenden Jahr zu interessieren und“ - Zimmermann beugte sich vor - „die Kosten sind geringfügig.“

Liebig schluckte trocken.

„Ich weiß nicht. Es geht mir alles ein wenig zu schnell. Könnte ich nicht … Wie lange, sagten Sie, gilt der verminderte Aktionspreis?“

„Nur heute, Herr Liebig.“

„Gut!“, rang Liebig sich ungewöhnlich schnell zu einer Entscheidung durch und hieb den Stock geräuschvoll auf den Boden.

„Allerdings gibt es eine Einschränkung, Herr Liebig. Da der Erlebnispark erst im Aufbau begriffen ist, müssen Sie auf Ihr erstes Rendezvous mit Ihrer Frau sechs bis acht Monate warten.“

„Ein wenig Abstand …“

„Schön, dann darf ich Sie bitten, hier zu unterschreiben. Unter Punkt acht, darauf möchte ich Sie noch aufmerksam machen, steht, dass Sie sich verpflichten, im ersten Jahr regelmäßig Bericht über Ihre Besuche zu erstatten. Sie verstehen; der Erlebnispark – die Technik …“

„Damit bin ich einverstanden“, antwortete Liebig und wischte sich erneut den Schweiß von der Stirn.

Acht Monate später.

Justus Liebig saß erneut Herrn Zimmermann gegenüber, der mit leicht gefletschten Zähnen seinen Computer in Gang zu bringen versuchte.

Mit der Linken das Handbuch haltend, hämmerte er mit der anderen Hand lautstark auf der Tastatur herum.

„Jetzt „F 8" drücken und dann müsste …"

Die gebeutelte Technik gab einen kläglichen Ton von sich und blieb dunkel.

„Fahren Sie den Computer herunter und starten Sie ihn neu", murmelte Zimmermann und trat mit dem Fuß gegen den entsprechenden Schalter. Wenig später kapitulierte der Geschundene und präsentierte sein gewohntes Äußeres.

„Na also!", triumphierte Zimmermann und wandte sich grinsend an Liebig.

„Und?"

Liebig duckte sich unwillkürlich und brachte seinen Schirm in Stellung.

„Zuerst", begann Liebig mit zitternder Stimme, „musste ich bei jedem Schritt mit meiner Liesl an Ihre Worte denken. Ihre Schilderung entsprach absolut der Wirklichkeit und …"

„Kommen Sie bitte zur Sache, Herr Liebig. Ich habe um zehn Uhr bereits den nächsten Termin."

„Plötzlich wollte meine Liesl diesen ‚Hau den Lukas schlagen und … damit begann – wie soll ich mich ausdrücken? – die Misere. Sie kennen meine Frau ja nicht, Herr Zimmermann und glauben Sie mir, ich wollte sie noch davon abhalten …

Jedenfalls flog sie förmlich auf das Ding zu, und bevor ich noch einschreiten konnte … Irgendwie kam der Maschinist dazwischen und … zum Glück konnten wir meine Liesl beruhigen und, ohne weiteres Aufsehen zu erregen, von dem Spielgerät ablenken."

„Ja! Jetzt liegt mir der Bericht unserer Mitarbeiter vor Ort vor."

Zimmermann überflog die wenigen Zeilen und schüttelte nachdenklich den Kopf.

„Wie war das mit der Schießbude?", wollte Zimmermann wissen und warf Liebig einen ungläubigen Blick zu.

„Die Schießbude ...", würgte Liebig kreidebleich hervor und rang sichtlich um seine Fassung.

„Sie wollte unbedingt den Hauptpreis, dieses Kaffeeservice mit den Blumen. Für die Gäste, wie sie meinte. Zuerst traf sie wacker Hülse um Hülse. Der nette Mitarbeiter trat bereits ungeduldig von einem Bein auf das andere – weshalb auch immer, während meine Liesl langsam in Fahrt kam.

Der Rest ist mir nur undeutlich in Erinnerung. Der Mitarbeiter griff nach dem Lauf. „Gnädige Frau, es warten noch andere Besucher", und wollte meiner Liesl das Gewehr entreißen, die sich vehement dagegen wehrte und plötzlich samt Gewehr nach hinten geschleudert wurde. Vermutlich geriet sie dadurch aus der Magnetspur. Der plötzliche Verlust ... die Kugel traf Ihren Mitarbeiter mitten zwischen die Augen. „Hoppla!", meinte meine Liesl ... Der Rest war Dunkelheit.

Als ich wieder zu mir kam, saß ich im Büro der dortigen Leitung.

„Sie erhielten Hausverbot."

Liebig nickte.

„Und Ihre Frau?"

„Ich habe Ihr ein Videospiel gekauft. Jetzt sitzt sie stundenlang vor dem Fernseher und schießt auf alles, was sich bewegt … Es gefällt Ihr und ständig fragt sie nach Ihrem Kaffeeservice.

Können Sie meiner Liesl nicht eine weitere Chance geben? Bitte, Herr Zimmermann! Vielleicht in einem ruhigeren Park?"

Zimmermann schüttelte bedauernd den Kopf.

„Nicht nach diesen Vorkommnissen. Vielleicht versuchen Sie es in einem halben Jahr noch einmal. Dann sehen wir mal, ob wir nicht ein Plätzchen für Ihre Frau finden, das ihrem Temperament entsprich."

„Danke", murmelte Liebig und verabschiedete sich.

Herkules

Roland Pomerenke und seine Mutter warteten am Empfang. Die freundliche Dame blätterte in ihrem Kalender, murmelte dabei Unverständliches und sah hin und wieder zu Frieda Pomerenke und ihrem Sohn auf.

„Entschuldigen Sie, Frau Pomerenke, aber ich kann Ihren Namen leider, zumindest unter dem heutigen Datum, nicht finden. Sind Sie sicher, dass Sie die Agentur Friedwald mit Ihren Angelegenheiten beauftragt haben?"

„Frieda Pomerenke nickte geflissentlich: „Mit mir ist alles in bester Ordnung."

Ihr Gesicht strahlte.

„Wir haben gestern angerufen und die Dame hat unseren Termin bei einem Herrn Kiesewetter bestätigt", antwortete Roland ruhig und versuchte einen Blick auf den zerfledderten Terminkalender zu werfen.

„Es tut mir Leid, Herr Pomerenke, aber … Herr Kiesewetter sagten Sie? Wenn Sie sich einen Augenblick gedulden würden."

Sie stand auf und entfernte sich klappernd.

„Möchtest du dich setzen, Mutter?"

„Alles in Ordnung. Hübsch hier und so freundliche Menschen."

Frieda Pomerenke löste sich vom Arm ihres Sohnes und trippelte neugierig auf den an der Wand befindlichen Fernseher zu.

„Ein lieber Angehöriger von Ihnen sucht eine

neue Herausforderung? Unser großes Angebot an attraktiven Lebensgestaltungen für Ihre Lieben lässt Sie zu keiner Entscheidung kommen? Wir helfen Ihnen! Wählen Sie unser Überraschungspaket und überlassen Sie uns sämtliche Entscheidungen. Sprechen Sie mit unseren freundlichen und kompetenten Mitarbeitern."

Die Kamera schwenkte nach rechts und rückte eine ältere Dame ins Blickfeld.

„Frau Karmamata, zuerst möchte ich mich für Ihr Vertrauen bedanken, das Sie unserer Agentur Friedwald entgegengebracht haben."

„Oh, ich muss mich bedanken", trällerte Frau Karmamata und lächelte in die Kamera.

„Danke. Sie habe sich für unser Überraschungspaket entschieden. Wie waren Ihre Erfahrungen? Wenn Sie kurz ..."

„Ich konnte mich nicht entscheiden", flötete Frau Karmamata immer noch lächelnd, obwohl eine gewisse Nervosität sichtbar wurde.

„Und dann hat mich Ihr freundlicher und kompetenter Mitarbeiter auf das Überraschungspaket aufmerksam gemacht, und was soll ich sagen – ja was soll ich sagen?"

Sie stockte, rieb sich mit der Hand über das Kinn.

„Sie waren also zufrieden mir unserem Service?", half der hilfsbereite Mitarbeiter aus.

„Ja! Ich liebe meinen Mann seither mehr als – darf ich das hier sagen – all die Jahre zuvor. Wissen Sie, seit er in Rente ist ..."

„Vielen Dank, Frau Karmamata. Gehen Sie den sicheren Weg. Wählen Sie das Überraschungspaket

und ersparen Sie sich und Ihren lieben Angehörigen unnötige Aufregungen."

„Komm Mutter", sagte Roland Pomerenke und di-
rigierte seine Mutter zum Empfang zurück.

„So freundliche Menschen! Hans-Peter wäre sicherlich glücklich, wenn er jetzt hier sein könnte."

„Ja, Mutter."

„So, Herr Pomerenke", rief die freundliche Dame
vom Empfang bereits beim Näherkommen: „Herr
Kiesewetter wird sich Ihrer annehmen. Allerdings
müssten Sie sich ein wenig in Geduld üben."

„Danke", erwiderte Pomerenke, „sehr freundlich."

„Sie können dort Platz nehmen."

„Kann ich Ihnen etwas zu trinken bringen?",
wollte die junge Dame wissen, nachdem sie
schwungvoll auf sie zugerollt und erst in der letzten
Sekunde geräuschlos abgebremst hatte.

„Mit mir ist alles in bester Ordnung", meinte Frieda Pomerenke und warf ihrem Sohn einen stolzen
Blick zu.

„Möchtest du etwas trinken, Mutter? Einen Tee
vielleicht?"

„Jetzt um diese Zeit? Oder ist es bereits so spät?"

„Nein, Mutter. Danke. Wir möchten jetzt nichts."

„Wie Sie wünschen."

Die Dame rotierte auf der Stelle und schoss davon.

„Freundliche Menschen, nicht wahr?"

„Ja, Mutter."

Unbewusst griff Pomerenke nach den Friedwälder Nachrichten und blätterte geistesabwesend in
der Zeitung. Plötzlich fiel sein Augenmerk auf eine
Anzeige:

„Sind Sie der anschmiegsame Typ? Dann haben wir genau das Richtige für Sie. Fragen Sie nach dem Modell: „Knautschbär". Lassen Sie sich von ihm verwöhnen. Jetzt mit Teddy-Effekt."

„Herr Pomerenke", sagte eine männliche Stimme und schreckte Pomerenke aus seinen Gedanken.

Herr Kiesewetter begrüßte ihn, warf einen flüchtigen Blick auf Frieda Pomerenke und meinte, leicht überrascht: „Sie haben Ihren lieben Angehörigen gleich mitgebracht. Das entspricht zwar nicht …"

„Mit mir ist alles in bester Ordnung", antwortete Frieda Pomerenke als sie hörte, dass über sie gesprochen wurde, und zog sich am Arm ihres Sohnes auf die Beine."

„Entschuldigen Sie, Frau Pomerenke. Wenn ich … äh, Sie in mein Büro bitten dürfte."

„Womit kann ich Ihnen dienen?", fragte Kiesewetter mit einem unmerklichen Seitenblick auf Frieda Pomerenke.

„Mein Bruder Hans-Peter … Sie kennen uns vielleicht aus der Fernsehserie „Die Barbaren kommen".

„Nein", erwiderte Kiesewetter bedauernd.

„Jedenfalls … mein Bruder … nun …"

„Er möchte einen neuen Lebensabschnitt beschreiten und Sie wollen ihm bei diesem Schritt behilflich sein."

„Ja. Mitten aus dem …"

„Die Lust nach Veränderung überfällt uns oft plötzlich."

„Diese Anabolika …"

„Anna Bolika? Hans-Peter hatte eine Freundin.

Davon hat er mir überhaupt nichts erzählt."

„Ja, Mutter. Ich meine, nein – er hatte keine Freundin."

„Ich habe mich informiert und erfahren, dass Sie über einen Mythologiepark verfügen. Ist die Stelle als Herkules eventuell ... Ich meine, bei seinem Körperbau, ... zufällig vakant?"

Kiesewetter musste unwillkürlich schmunzeln.

„Was glauben Sie, Herr Pomerenke, wie viele Anwärter wir auf diesen Posten haben. Muskelaufbau und dann ... Plötzlich wollen Sie ihr bisheriges Leben ändern und in unsere Themenparks übersiedeln."

„Steroide ..."

„Du willst hier Musik hören, Roland?", rief Frieda Pomerenke streng und blickte ihren Sohn an.

„Steroide", korrigierte Kiesewetter freundlich, „sind ..."

„Sie können ruhig normal mit mir reden, junger Mann. Mit mir ist nämlich alles in bester Ordnung. Nehmen Sie unseren Hans-Peter?"

In diesem Augenblick füllten sich ihre Augen mit Tränen.

„Der gute Junge! Will einfach von zu Hause ausziehen. Dabei hat er doch alles. Wie heißt dieses Frauenzimmer Anna ..."

„Nicht jetzt, Mutter."

„Nicht?"

„Was könnten Sie uns denn empfehlen, Herr Kiesewetter. Atlas ... Ich muss zugeben, ich bin in der griechischen Mythologie nicht so bewandert."

Kiesewetter schüttelte bedauernd den Kopf. Er ruckelte an der Maus des Computers, wartete, bis sich

das Bild aufgebaut hatte, und klickte sich anschließend durch die offenen Stellen.

„Leider, Herr Pomerenke. Spielte Ihr Bruder ein
Instrument? Flöte vielleicht?"

„Nein. Weshalb?"

„Pan … aber ich glaube nicht. Haben Sie zufällig
ein Bild Ihres Bruders?"

Roland Pomerenke reichte ihm das Gewünschte
und fixierte Kiesewetters Gesicht mit gespannter
Aufmerksamkeit.

„Nun?"

„In unserem Mythologiepark … leider nicht."

Er blätterte weiter. Plötzlich hellte sich sein Gesicht auf.

„In München, besser gesagt in unserem dortigen
Themenpark, könnte ich Ihrem Bruder möglicherwei-
se eine zu seinem Körperbau passende Tätigkeit vermitteln. Ist das nicht erfreulich, Frau Pomerenke?"

„Mit mir ist alles in bester Ordnung, junger
Mann. Haben Sie denn eine Stelle für meinen
Hans-Peter? Sie müssen wissen, er ist ein guter Jun-
ge. Vielleicht etwas zu gutmütig."

„Schön, Herr Pomerenke, dass wir eine für beide
Seiten befriedigende Lösung gefunden haben. In
Anbetracht der Tatsache – die Stelle ist nicht zu
100 % garantiert – würde ich Ihnen unser Überraschungspaket empfehlen. Wir könnten dann, sollten
widrige Umstände … Sie verstehen, uns zu einer
Änderung zwingen, dann hätten wir diesbezüglich
freie Hand. Außerdem ist es in diesem Monat im
Angebot."

„Sie versuchen, uns doch nichts …"

„Herr Pomerenke. Wir erfüllen jeden unserer Aufträge gewissenhaft und zur größten Zufriedenheit unserer Kunden. Keiner unserer im Themenpark Beschäftigten, wie künftig auch Ihr Herr Bruder, sahen sich jemals gezwungen, auch nur ein Wort des Unmuts zu äußern."

„Das beruhigt mich. Gut. Dann nehmen wir das Überraschungspaket."

„Schön", antwortete Kiesewetter und begann mit der Datenerhebung.

Zwanzig Minuten später.

„Wann können wir Hans-Peter besuchen?"

„Sie werden umgehend benachrichtigt, sobald er sich bei uns eingelebt hat."

„Dann darf ich mich … der nächste Kunde. Auf Wiedersehen, Frau Pomerenke", artikulierte Kiesewetter überdeutlich und schüttelte behutsam ihre Hand.

„Sie brauchen nicht so zu schreien, junger Mann. Mit mir ist alles in bester Ordnung."

„Wiedersehen, Herr Pomerenke", sagte Kiesewetter und schob das seltsame Pärchen aus seinem Büro.

Vier Wochen später standen Frieda und Roland Pomerenke im Themenpark in München und folgten den elektronischen Anweisungen des tragbaren Führers, der sie zielstrebig zur Abteilung „Grimms Märchen" führte.

„Knusper, knusper Knäuschen, wer knuspert an meinem Häuschen?", rief die Hexe und öffnete die Tür.

Gespannt verfolgten Frieda Pomerenke und ihr Sohn das Theaterstück. In dem Augenblick, als die böse Hexe Gretel bat, in den Ofen zu sehen, ob er bereits heiß genug sei, stürzte, überraschend für sämtliche Beteiligten und entgegen der ursprünglichen Fassung, Hans-Peter aus einem nahen Gebüsch, packte die Hexe und hielt sie hoch in die Luft.

„Kinder werden nicht gegessen, du alte Hexe!", brüllte er mit sonorer Stimme und schüttelte das ältliche Gerippe.

„Ich werde dich verfluchen, du ungehobelter Kerl!", schrie nun ihrerseits die Hexe und drohte Hans-Peter mit dem Stock.

„Du willst mich verfluchen? Nicht mit Hansi!", antwortete Hans-Peter ruhig und schob die Hexe unter dem Jubel der anwesenden Besucher in den Ofen.

Neue Geschäftsfelder

Drei Tage waren seit der Eröffnung des Neubaus der Agentur Friedwald vergangen, als Agathe Schimmelpfennig die neu gestaltete Empfangshalle betrat.

„Ich habe einen Termin", sagte sie, nachdem die junge Frau ihr mit einem freundlichen Lächeln ihre angeborene Scheu Neuem gegenüber genommen hatte.

„Bitte gehen Sie dort den Gang hindurch. Er führt in den angrenzenden Neubau. Ich werde Herrn Andersen informieren."

Sie lächelte erneut und griff zum Hörer, während Agathe mit unsicheren Schritten dem Neubau zustrebte.

„Erleben auch Sie den Auftritt des Friedwald-Trios!", prangte es ihr von zahllosen Plakaten entgegen: „Die Newcomer- Band präsentiert im Rahmen eines bunten Abends ihre erste Single „Unendlichkeit."

Plötzlich erweiterte sich der Gang zu einem riesigen Rund, in dem sich zahllose Menschengruppen aufhielten. Eine Videoleinwand unmittelbar neben ihr informierte sie über das soziale Engagement der Agentur Friedwald, die mit ihrem neu gegründeten Geschäftsbereich „2050. Jetzt die soziale Herausforderung des dritten Jahrtausends angehen!" warb.

„Wird auch Ihr Tag zu einer endlosen Kette von Sekunden, ja Stunden der Einsamkeit, der Verzweiflung? Dann wenden Sie sich vertrauensvoll an unsere Mitarbeiter. Wir helfen Ihnen!"

Agathe blieb unschlüssig stehen, packte ihre Handtasche fester und atmete tief ein.

„Omi, du bist zurück!", rief ein kleiner Junge neben ihr, und als sie den Blick erneut zur Videoleinwand wendete, sah sie gerade noch, wie Omi Schulte ihren Enkel etwas hölzern in den Arm nahm und mit exakt eingestellter Feinmotorik drückte.

„Wollen wir ,Mensch ärgere dich nicht' spielen?", fragte sie den plötzlich verdutzt dreinblickenden Jungen, der ihr stattdessen eine moderne Spielekonsole in die Hand drückte.

„Hier, Omi!"

Omi Schulte blinzelte kurz, als riefe sie sich den Mechanismus des kleinen Gerätes in den Sinn, schlenderte betont lässig zum Fernseher und startete den virtuellen Ferrari.

Das Bild wurde ausgeblendet. Ein älterer Mann erschien stattdessen wie aus dem Nichts und lobte das soziale Engagement der Agentur Friedwald in den höchsten Tönen.

„Ohne die Agentur Friedwald könnte meine Frau nur halbtags arbeiten. Und was würde das für unsere kleine Familie bedeuten?", wollte er von Agathe wissen, die ungewollt mit den Schultern zuckte.

„Wir könnten unseren gewohnten Lebensstandard nicht halten. Was das heute für ein Kind bedeutet."

Er ließ den Rest bewusst unausgesprochen.

„Doch dank der Agentur Friedwald und Ihres Programms 2050, mit dem sie der sozialen Ungerechtigkeit des dritten Jahrtausends begegnen will, gehört nun Omi Schulte zum festen Bestandteil unseres Haushaltes."

Er lobte dann noch ihre sprichwörtliche Genügsamkeit, stellte zum Abschluss ihr stets freundliches Wesen heraus und mit einem Bild des glücklich strahlenden Kindes der Familie endete der Spot.

„Liebe Frau Schimmelpfennig", rief ein älterer Herr, der voller Elan auf sie zustürmte. „Ich darf mich vorstellen. Andersen, Hans Andersen. Womit kann ich Ihnen dienen?"

„Er schüttelte kraftvoll Agathes Hand, die, von dem plötzlichen Überfall irritiert, sichtlich um ihre Fassung bemüht war.

„Ich … nun … in meinem Alter … Da darf Vorsorge kein Fremdwort mehr sein. Sie verstehen?"

Er verstand.

„Sie suchen für die Zeit nach der Veränderung eine angemessene Ergänzung zu Ihrem bisherigen Leben – eine würdige Alternative zur geläufigen Gedenkkultur."

Agathe nickte eifrig.

„Sie nehmen mir das Wort aus dem Mund, Herr Andersen." Plötzlich stutzte Agathe.„Sie besitzen nicht zufällig einen zweiten Vornamen?"

„Nein", erwiderte der neue Mitarbeiter der Agentur und fügte lächelnd hinzu: „Allerdings werde ich des Öfteren danach gefragt."

Agathe Schimmelpfennig taute in der Nähe Andersens sichtlich auf.

„Wissen Sie, Herr Andersen, ich glaube, dass der Wald den Menschen freimacht, ihm die Größe der Schöpfung näher bringt, und deshalb habe ich mich für diese Art der Be…"

„Wenn ich Sie kurz unterbrechen dürfte", kreischte Andersen mit sich überschlagender Stimme, hakte sich bei Agathe Schimmelpfennig unter und führte sie zielstrebig zu einer nahe dem Eingang befindlichen Gruppe älterer Menschen.

„Sind Sie Förster, Herr Andersen? Ich meine, weil doch ein Teil Ihrer Aktivitäten im Wald liegt?"

„Nein, lediglich fröhlicher Wandersmann", seufzte Andersen, der sich seinen ersten Kunden weniger problematisch gewünscht hätte.

„Liebe, Frau Schimmelpfennig", flötete er mit einer ausladenden Handbewegung, „lassen Sie mich Ihnen die Agentur Friedwald näher bringen."

„Oh, nicht nötig. Ich habe mich bereits ausführlich mit der … äh …" Agathe erinnerte sich der rüden Unterbrechung vonseiten Andersens, als sie auf das unvermeidliche Ende des Menschen zu sprechen kommen wollte. „Wir können sofort eine kleine Waldführung unternehmen. Ich habe festes Schuhwerk an."

Agathe lächelte, während Herr Andersen einen flüchtigen Blick auf das wirklich jeder Herausforderung gewachsene Schuhwerk warf.

„Wenn ich Ihnen ganz unverbindlich alternative Möglichkeiten zeigen dürfte? Wir, die Agentur Friedwald, hat es sich zur Aufgabe gemacht, der sozialen Kälte des dritten Jahrtausends entgegen zu wirken und deshalb ihr Programm 2050 entwickelt. Soziale Kälte, Frau Schimmelpfennig, ein Wort, das heutzutage allgegenwärtig ist. Hinzu kommen Schlagworte wie „Überalterung, Vergreisung, Altersarmut, um nur einige zu nennen."

„Ja! Da haben Sie recht. Deshalb möchte ich auch meinen Hinterbliebenen so wenig wie möglich Arbeit bereiten. Wissen Sie, so unter einem Baum liegen, den gestirnten Himmel über mir ..." Agathe seufzte verzückt.

„Einer Bekannten ist der Baum ihrer leider zu früh aus dem Leben geschiedenen Tochter bereits zu einem Teil ihres Lebens geworden."

„Frau Schimmelpfennig!", rief Andersen entrüstet und hob eindringlich den rechten Zeigefinger. „Diesen wundervollen Körper der unsäglichen Zerstörungskraft des Feuers aussetzen. Tausende von Grad – die Hölle auskosten und wozu? Nur wegen des gestirnten Himmels über Ihnen, Frau Schimmelpfennig, den Sie zudem überhaupt nicht zu Gesicht bekommen ..."

„Nicht?", warf Agathe überrascht dazwischen.

„Natürlich nicht ... Zum Glück haben Sie sich an die Agentur Friedwald gewandt. Mit unserem neu geschaffenen Programm 2050 ..."

„Sie meinen, ich sollte die Idee des Familienbaumes vorerst nicht näher in Betracht ziehen?"

Andersen lobte ihre schnelle Auffassungsgabe und erklärte ihr die neuen Geschäftsfelder der Agentur Friedwald in seiner blumigen Art.

„Die Agentur Friedwald hat es sich zur Aufgabe gemacht, der sozialen Kälte der modernen Gesellschaft die Wärme von liebenden Menschen entgegenzusetzen. Wir, Frau Schimmelpfennig, bringen Licht in das Dunkel der Zukunft. Licht ist Wärme und Wärme bedeutet Nähe – die Nähe von Menschen, die sich Ihrer Sorgen annehmen, Ihnen beistehen und Ihnen das Gefühl der Geborgenheit, des Nicht-Allein-Seins, vermitteln.

Werden Sie Lichtbringer, nicht Asche – Wärmespender statt Dünger!", ließ sich Andersen von seinen eigenen Worten hinreißen zu sagen, während er Agathe an den zahllosen Menschengruppen vorbei führte.

„Die berufliche Tätigkeit hier, obwohl ich Sie erst seit Kurzem ausführe, hat meinen persönlichen Umgang mit dem Unausweichlichen" - er räusperte sich vernehmlich - „revolutionär verändert."

„Ich liebe den Wald ebenfalls", sinnierte Agathe mit verklärtem Blick. „Er ist so friedlich … Mein Mann hat ihn … wenn der Waldboden mit einem Teppich aus Frühblühern bedeckt ist. Die Vögel singen … die ganze Stimmung, der typische Waldgeruch … wunderbar."

„Ja. Nun denn! Wenn ich Ihr Augenmerk auf unser Modell ‚Omi Schulte' lenken darf?"

„Aber das kenne ich bereits …"

„So? Schön, dann könnte ich …" - er musterte Agathe kurz von oben bis unten - „Hier! Unsere freundliche Altenpflegerin. Außerdem", flüsterte er ihr hinter vorgehaltener Hand ins Ohr, „könnten wir Ihnen bei dieser Variante 20 % einräumen aufgrund der natürlichen Werbetätigkeit, die sich aus der Tätigkeit zwangsläufig ergibt. Sie müssen sich soziale Wärme wie ein Virus vorstellen. Nähe fördert seine Verbreitung und je näher die Menschheit zusammenrückt, desto schneller breitet er sich aus."

Andersen schnippte mit dem Finger.

„Und zack! Die soziale Kälte in diesem unserem Lande erleidet den Wärmekollaps. Hinweggefegt durch das Feuer …"

„Wo Sie gerade darauf zu sprechen kommen: Wie lange dauert der Prozess, bis man … nun … so eine Urne ist nicht gerade ein großes Gefäß ...“

„Ich wollte eigentlich sagen: hinweggefegt durch das Feuer in unseren Herzen.“

„Ach so. Oh, das ist aber ein hübsches Arrangement.“

Agathe löste sich aus der sanften Umklammerung von Andersen und eilte mit tippelnden Schritten auf eine größere Gruppe zu.

Andersen sprintete hinterher. Er witterte Morgenluft, die endlich den modrigen Geruch des Waldes in seiner Nase vertrieb.

„Glücksspiel Willi. Er beherrscht sämtliche Glücksspiele. Wenn Sie nicht höllisch aufpassen, dann zieht er Ihnen das letzte Hemd aus.“

„Poker! Spielt er auch Poker?“

„Selbstverständlich. Er flucht, wenn er verliert, ist sowohl als Raucher als auch als Trinker verfügbar und äußerst pflegeleicht. Außerdem ist er ein unterhaltsamer Begleiter. Er steckt voller Anekdoten.“

„Wunderbar! Mein Mann hat immer Poker gespielt und …“

„Wir können sofort den Vertrag abschließen und“, mit einem Blick auf seine Armbanduhr, „Willi kommt noch heute zu Ihnen.“

„Besitzt er gutes Schuhwerk?“

„Ich verstehe nicht. Möchten Sie gegen das Schienbein getreten bekommen?“

„Wegen des Waldspaziergangs. Ich könnte mit ihm zusammen den besagten Baum auswählen“, schwärmte Agathe mit leuchtenden Augen und fühlte sich in ihre Jugend zurück versetzt.

Andersen stieß einen kaum merklichen Seufzer der Verzweiflung aus.

„Na ja", beruhigte er sich in Gedanken", aufgeschoben ist schließlich nicht aufgehoben. Vielleicht überzeugt Willi sie mit seinen Künsten endgültig davon, dass ein Dasein als Glücksspiel Agathe stets einem gestirnten Himmel vorzuziehen ist.

„Wenn ich Sie in mein Büro bitten darf, Frau Schimmelpfennig?", sagte er stattdessen laut, „Damit wir die notwendigen Formalitäten erledigen können."

„Und Willi besucht mich noch heute Abend zu einem ersten Spiel?"

„Selbstverständlich."

„Wunderbar!", hauchte Agathe in Erinnerung an ihren Mann und vergaß darüber sogar den Gedanken an die friedlichen Wälder und ihren gestirnten Nachthimmel.

Eine Variante von ‚Der Hellseher'.

Das Medium

Der Herr im dunklen Anzug betrat die Agentur Friedwald und orientierte sich sofort Richtung Empfang.

„Gabriel Funkeisen", stellte er sich vor, „ich habe um neun Uhr einen Termin bei Ihrem Mitarbeiter, Herrn Wallenstein."

Die Dame am Empfang sah überrascht auf.

„Wenn Sie sich einen Augenblick gedulden würden, Herr Funkeisen? Unser Mitarbeiter steht Ihnen sofort zur Verfügung."

Sie lächelte, als wollte sie damit zum Ausdruck bringen, dass Zeit hier nicht mehr so von Bedeutung sein sollte.

Gabriel trommelte mit den Fingern auf den Tresen.

„Die Angelegenheit ist von höchster Wichtigkeit", entgegnete Gabriel, nahm seinen Schirm vom linken Arm und stützte sich abwartend darauf.

„Wenn Sie sich bitte setzen wollen? Ich werde sehen, was ich für Sie tun kann."

Gabriel seufzte, drehte sich auf dem Absatz, durchquerte die Halle und setzte sich mit mürrischem Blick. Zufällig fiel sein Blick auf die Friedwälder Nachrichten.

‚Modell Oskar, ein großer Erfolg unserer bescheidenen Bemühungen.'

Er nahm das Blatt vom Tisch und schlug es auf.

„Leserbriefe", las er. „Riesig gefreut habe ich mich über die erste Ausgabe Ihrer Friedwälder Nachrichten. Meines Wissens ist es die einzige Zeitschrift, die es über dieses Thema und für unsere Altersgruppe gibt. Jutta G. aus Hameln, 94 Jahre."

Gabriel schüttelte den Kopf und blätterte weiter.

„Erfahrungsbericht: Ich bin Ihnen von ganzem Herzen dankbar, und es vergeht kein Tag, an dem ich nicht Ihrer Agentur gedenke. Seit der Erkrankung meines lieben Mannes sitze ich oft stundenlang an seiner Seite und betrachte sein Gesicht. Er wirkt so glücklich! Ja, ich darf sagen, ein überirdischer Glanz liegt auf seinem Gesicht. Jede Woche pflege ich ihn mit der von Ihnen empfohlenen Kosmetikserie, und wenn, wie jetzt gerade, die Sonne so herrlich ins Zimmer scheint und mein Mann den Arm um Alf legt – seine Lieblingsserie – dann weine ich oft vor Glück still in mich hinein.

Liebe Agentur Friedwald, hoffentlich können Sie noch viele Menschen so glücklich machen wie mich." Berta M. aus Gütersloh, 88 Jahre.

In diesem Augenblick betrat eine junge Frau die Agentur.

„Gabi Kowalke. Ich komme wegen meiner Tochter", erklärte sie der Dame am Empfang und legte einen dünnen Ordner vor sie hin.

„Einen Augenblick, Frau Kowalke! Herr Kiesewetter steht sofort zu Ihrer Verfügung."

„Danke."

Die junge Frau blieb unschlüssig stehen, wandte sich dann dem Monitor zu, der gerade einen Bericht über den Themenpark Hannover brachte.

„Ihre Papiere!"

„Entschuldigen Sie, aber ich bin heute etwas durcheinander."

Zwei Männer im mittleren Alter stürmten in grüner Montur die Agentur, umstellten den Empfang und nahmen Haltung an.

„Wir kommen von der Nordfront", brüllte der Linke und schlug die Hacken zusammen. „Unser Kamerad Heinrich Hummler …"

„Herr Zimmermann wird sich sofort um Sie kümmern", unterbrach die Dame am Empfang energisch die Zwei-Mann-Truppenformation.

„Sehr wohl!", schrie der Kommandant, nickte seinem Trupp zu und marschierte auf Gabriel zu, der seine Nase noch tiefer in der Zeitung vergrub.

„Hoffentlich bin ich nicht zu spät dran", dachte er und zählte die Minuten, bis er aufgerufen wurde.

„Beratungszimmer fünf, Herr Funkeisen."

Gabriel klopfte zweimal.

„Herein!"

Er trat ein.

„Herr Funkeisen", begrüßte ihn sein Gegenüber, erhob sich umständlich und streckte ihm die Hand entgegen.

„Was kann ich für Sie tun?"

„Es ist … Meine Mission … Nun, es ist schwierig für Außenstehende … Ich bin ein Medium."

Gabriels Körper straffte sich erleichtert.

„Nun war es heraus", dachte er und sah seine Aufgabe wesentlich optimistischer.

„Ich verstehe nicht", erwiderte Funkeisen offensichtlich irritiert und legte die Stirn in Falten.

„Ich empfange Botschaften von Jenseitigen. Sie sprechen zu mir."

„Auch Elvis?"

„Bisher nicht, bedauerlicherweise", meinte Funkeisen und schien ehrlich enttäuscht.

„Gibt es Probleme mit Ihrer Frau?", fuhr er fort und nahm die Akte Funkeisen zur Hand, den er sich bereits auf dem Notfallordner zurechtgelegt hatte.

„Sie hat mir eine Botschaft übermittelt … die Agentur Friedwald betreffend", erklärte Gabriel, „sie macht sich Sorgen …"

„Erfreulich, wenn die Sorge auch … nun … über gewisse Grenzen hinweg bestehen bleibt. Aus den Augen, aus dem Sinn …" Hier wusste Wallenstein nicht weiter. Deshalb brach er ab und hoffte, dass Funkeisen ihm weitere Aufklärung zuteilwerden lassen würde.

„Die betreffenden Personen, auf die meine Frau mich aufmerksam gemacht hat, haben unmittelbar nach mir Ihre Agentur betreten."

„Wirklich?", entfuhr es Wallenstein ungewollt, wobei er sich halb von Gabriel abwandte.

„Einen Augenblick … Frau Kowalke und der Vorsitzende des Anglervereins Nordfront", murmelte er halblaut. „Ich kann darin nichts Verdächtiges oder - wie Ihre Frau sich auszudrücken pflegte - Sorgen Bereitendes, erkennen."

„Raum und Zeit", holte Gabriel etwas aus, „sind entgegen unserer Wahrnehmung nicht linear. Sie verstehen, Herr Wallenstein? Nichtlokalität?"

„Welche Lokalität meinten Sie", antwortete Wallenstein, der nur mit halbem Ohr zugehört hatte.

„Nichtlokalität. Wie dem auch sei: Der Vorsitzende", kam er nun ohne Umschweife auf das Problem zu sprechen: „des Anglervereins Nordfront will hier einen treuen Kameraden unterbringen … Das sind Anhänger des Dritten Reiches … Sie verstehen?"

„Ja und nein."

„Bisher war die Agentur Friedwald unpolitisch, wenn ich es so ausdrücken darf. Jetzt besteht die Gefahr … meine Frau … Sie beschrieb mir detailgetreu Ihre Gruppe ‚Das Mahnmal'.

Gabriel rutschte nervös auf seinem Stuhl hin und her.

„Ich wiederhole jetzt: Hinter dem Anglerverein Nordfront verbirgt sich in Wirklichkeit eine Gruppe Unverbesserlicher und" - er stutzte - „wie hängt deren Kamerad mit Frau Kowalke zusammen?"

„Steht in Ihrem Computer nichts über Sie?"

„Leider nicht."

Wallenstein griff zum Hörer, wählte Kiesewetters Nummer und wechselte ein paar unverständliche Worte mit seinem Kollegen.

„Eigentlich dürfte ich nicht über andere Kunden sprechen, doch da Sie anscheinend Bescheid wissen …" Wallenstein räusperte sich vernehmlich - „Frau Kowalke ist wegen Ihrer Tochter hier. Sie leidet an Bulimie und … kurz gesagt: Ihr Leiden sollte nicht umsonst gewesen sein."

„Und?", rief Gabriel und sprang auf.

„Bitte setzen Sie sich wieder, Herr Funkeisen. Außerdem wäre es hilfreich, wenn Sie mir die Botschaft Ihrer Frau einfach mitteilen und uns, der Agentur Friedwald, die Beurteilung des Falles überlassen.

„Schön", knurrte Gabriel und fügte sich notgedrungen in sein Schicksal.

„Ihr Mitarbeiter Zimmermann wird die Idee zu dem Mahnmal haben. Der Kamerad der Nordfront steht in eindeutiger Pose … Sie verstehen … und mit der linken Hand hält er Frau Kowalkes Tochter …"

Gabriel schluckte trocken, versuchte vergeblich den Kloß, der sich in seinem Hals gebildet hatte, hinunterzuschlucken.

„Jeder Besucher, der an dem Mahnmal vorbeigeht, löst ungewollt einen Sensor aus. Der Kamerad der Nordfront sagt dann im Brustton der Überzeugung: ‚Niemand musste hungern. In den Lagern herrschte geregelte Arbeitszeit und abends wurde sogar getanzt. Wer etwas anderes behauptet, ist ein Lügner'."

Wallenstein klappte der Unterkiefer herab. Mühselig rang er um Fassung, ehe er sich aus seinem Stuhl kämpfte und Gabriel erneut die Hand reichte.

„Wir werden uns der Angelegenheit annehmen, Herr Funkeisen und … danke für die Information. Auf Wiedersehen."

„Auf Wiedersehen", antwortete Gabriel überrascht und stolperte aus dem Büro.

Siebzig Kilometer entfernt, im Themenpark Stuttgart, wurden einige Besucher zur selben Zeit Zuschauer eines mysteriösen Vorgangs.

Silke Funkeisen, Autorin verschiedener esoterischer Bücher, saß an ihrem Computer, die Hände auf der Tastatur liegend, den Blick auf ein neben ihr befindliches Manuskript gerichtet.

Plötzlich erhellte sich der Bildschirm und folgender Text erschien, wie von Geisterhand geschrieben: „Das Mahnmal wurde zu den Akten gelegt, Gabriel. So wird auch künftig die heitere Atmosphäre diese Hallen beseelen."

ENDE

Volker Schopf

Seelen - Glück

Ein Friedpark Roman

Friedpark
Das etwas andere Unternehmen ist zurück.

Allmählich verloren die Mitglieder des Begrü-
ßungskomitees das Interesse an dem jungen Mann,
zumal er regungslos vor seiner Statue ausharrte, ohne auch nur einen Laut von sich zu geben. Um-
schlungen von der Dunkelheit im Augenblick seines Todes, der dunkelsten Dunkelheit, die er je er-
lebt hatte und die weit von der entfernt war, wie sie
nach dem Untergang der Sonne eintrat. Es war eine
alte, längst in Vergessenheit geratene Dunkelheit,
vertraut nur mit sich selbst. Er spürte, wie sie ihn
liebkoste, über Hals und Gesicht leckte, sanft und
mit aller Vorsicht, so wie Katzen es tun, um heraus-
zufinden, ob sie etwas fressen möchten. Sein Bewusstsein, verlor sich darin, schwand dahin, bis es
luftig wurde und substanzlos wie wispernde Stimmen. Ihn fröstelte und einer Gewohnheit folgend
suchte er nach dem Licht - vergeblich.

Leseprobe - Seelen-Glück

„Sie", stotterte der Neue aus der Tropenabteilung und seine Hand zuckte vor Renicks Gesicht vor und zurück.

Renick nickte, war jedoch nicht bereit aufzustehen, auch nicht, als die Notbeleuchtung plötzlich für einige Augenblicke ausging.

„Wo bin ich hier?" Das kehlige Atmen des Neuen hörte sich wie das Fauchen von Flammen an. „Was ist mit mir geschehen?"

„Sie sind gestorben."

„Gestorben?", wiederholte der Neue mechanisch. Dann schrie er auf und Renick hätte es nie für möglich gehalten, dass die kleine Gestalt ein solches Geräusch verursachen konnte. Wie ein wütender Drache hing er in der Luft und kreischte wie ein Mensch, der einen Arm verliert, oder dessen Kind gerade gestorben ist, wobei eine der beiden Glühbirnen der Notbeleuchtung endgültig erlosch.

„Niemals!" Schmerz und Zorn sprachen aus diesem Wort, das wie ein Fluch aus seinem Mund schoss, um den für seinen Zustand Verantwortlichen auf der Stelle hinzurichten.

„Sie sind so tot wie ein überfahrenes Tier", sagte Renick, als der Neue aus alter Gewohnheit nach Luft schnappte.

„Tot", krächzte der und wirkte plötzlich wie gelähmt. Nur widerwillig nahm die durchscheinende Gestalt ihr früheres Aussehen an. Es schien Renick, als sträube sie sich gegen die Erinnerung, die Vergangenheit als Mensch. Die Hakennase kehrte zuerst zurück, gefolgt von dem braun gebrannten, rundlichen Gesicht und den dünnen Lippen. Der starre Blick, der von ganz hinten aus den Augen kam, lag bleischwer auf ihm.

„Ist das die - Hölle?"

„Das ist Friedpark", antwortete Renick. „Himmel und Hölle sind nur für die Lebenden."

Der Mittvierziger in Tropenkleidung sah ihn verständnislos an. „Friedpark?" Er runzelte die Stirn. „Ich war Lehrer ... nichts Besonderes. Ich komme sicher in den Himmel."

„Das dürfen Sie sich nicht einreden." Ins Paradies gehen die Geistlichen, die Gläubigen und Kranken, die täglich stundenlang vor den Altären knien und Gott um Erlösung bitten. Das ist nicht unsere Welt. Wir sind anders."

„Anders?" Der Neue wusste nicht, ob er die Worte seines Gegenübers ernst nehmen sollte. „Sie meinen, es gibt für uns keinen Himmel?" Nachdenklich setzte er sich zu Renick auf den Boden.

„Wir hängen hier fest." Das alte Messegelände ist unser Zuhause. Gewöhnen Sie sich daran." Seine Stimme war sanft und mitleidlos, tröstend.

„Vielleicht löst sich dieser Albtraum auf, wenn ich ihm keine weitere Beachtung schenke", antwortete der Mann vom Amazonas, und weil Renick schwieg: „Müssen Sie mir nicht meinen Lebensfilm vorspielen?"

Renick seufzte. Tief in seinem Innern hatte er es gewusst, ja gefürchtet. Er war der Mann, dem der Ärger wie ein streunender Hund nach Hause folgt, unabhängig davon, ob es sein Haus ist oder wer ihm das Futter bringt. Renick hatte keine Ahnung, aus welcher Ecke der Ärger hervorkriechen würde, aber er konnte ihn förmlich riechen, so wie andere Regen riechen oder eine Fuhre Gülle, bevor der Bauer um die Ecke biegt.

„Renick", stellte Renick sich vor und nickte mürrisch dazu.

„Anton Rubinger. Sollen wir dann beginnen?"

„Beginnen? Womit?" Renick runzelte die Brauen.

„Meinem Lebensfilm. Bringen wir es hinter uns und dann begleiten Sie mich zur Insel der Seligen", erwiderte Anton mit einem Anflug von Wut in der Stimme und sein Kopf drehte sich suchend hin und her.

Die verbliebene Glühbirne der Notbeleuchtung flackerte wie ein Irrlicht über sumpfigem Gebiet.

Renick seufzte erneut. „Haben Sie ihren Körper gesehen?"

„Meinen Körper? Soll ich auf den Friedhof gehen und ihn eigenhändig ausgraben?"

„Denken Sie an ihn", sagte Renick und dachte dabei: 'Hoffentlich gelingt es ihm auf Anhieb.'

„Ich ..."

„Tun Sie es einfach, Anton."

„Wenn Sie es wünschen." Anton schloss die Augen. In seiner Vorstellung trat er vor den Spiegel, betrachtete sein rundliches Gesicht, die flüchtigen Spuren beginnender Krähenfüße und dachte: 'Höchstens vierzig.' Und dann hörte er die Stimmen.